Ullstein Krimi

Ullstein Krimi
Lektorat: Martin Compart
Ullstein Buch Nr. 10260
im Verlag Ullstein GmbH,
Frankfurt/M – Berlin – Wien
Titel der amerikanischen
Originalausgabe:
He Who Hesitates
Übersetzt von Martin Lewitt

Neuauflage des UB 1065
Frankfurt/M – Berlin – Wien

Umschlagentwurf:
Atelier Noth & Hauer, Berlin
Foto-Graphik: Welfhard Kraiker &
Karin Szekessy
Printed in Germany 1984
Druck und Verarbeitung:
Ebner Ulm
ISBN 3 548 10260 3

Juli 1984

CIP-Kurztitelaufnahme
der Deutschen Bibliothek

McBain, Ed:
Das Unschuldslamm: Krimi mit d. 87.
Polizeirevier / Ed McBain. Hrsg. von
Martin Compart. [Übers. von Martin
Lewitt]. – Neuaufl. – Frankfurt/M;
Berlin; Wien: Ullstein, 1984.
(Ullstein-Buch; Nr. 10260:
Ullstein-Krimi)
Einheitssacht.: He who hesitates <dt.>
ISBN 3-548-10260-3
NE: GT

Vom selben Autor
in der Reihe der
Ullstein Bücher

Neugier macht Mörder (10001)
Schüsse im Regen (10040)
Kings Lösegeld (10062)
Die lästige Witwe (10077)
Mordgespenster (10115)
Selbstmord kommt vor dem Fall (10105)
Neun im Fadenkreuz (10128)
Späte Mädchen sterben früher (10144)
Killers Lohn (10159)
Die zehn Gesichter der
Annie Boone (10171)
Clifford dankt Ihnen (10183)
Schwarze Hochzeit (10194)
Ich war's, ich war's (10206)
Schnapp-Schuß (10218)
Die Greifer (10230)

Ed McBain

Das Unschuldslamm

Krimi mit dem
87. Polizeirevier

Ullstein Krimi

1

Als er aufwachte, glitzerten dicke Eisblumen an den Scheiben. Die Luft stand bitterkalt im Zimmer. Einen Augenblick lang fühlte er sich ganz fremd. Zwar fror er auch zu Hause immer jämmerlich beim Aufwachen, im Winter jedenfalls, aber das hier war nicht sein vertrautes Schlafzimmer. Sekundenlang versuchte er, den fremden Raum unterzubringen. Dann fiel es ihm ein: Ich bin in der Stadt. Er stieg aus dem Bett und lief im Unterzeug schnell über den Holzboden zu seinen Kleidern, die auf einem Stuhl lagen.

Er stand in einem spärlich möblierten Zimmer. An der einen Wand ein Bett, gegenüber eine Kommode. Dazu zwei Stühle, einer aus Holz, über dem hing sein Zeug. Der andere, ein gepolsterter Lehnsessel, stand am Fenster neben dem Vorhang. In der Ecke war ein Waschbecken. Das Badezimmer lag am anderen Ende des Flurs.

Er setzte sich auf den Holzstuhl und schnürte seine Schuhe zu, dann lief er zum Waschtisch und machte sich an seine Morgentoilette. Der Spiegel vor ihm zeigte einen Mann, der fast gewaltig wirkte, einen Meter fünfundneunzig groß und gut hundertneunzig Pfund schwer. Seine Hände waren riesig, braun und voller Schwielen, wie Bauernpranken. Er seifte erst das Gesicht ein und planschte dann aus der hohlen Hand Wasser über seine große Nase, die hohen, wie gemeißelten Backenknochen, den vollen Mund und das vierkantige Kinn. Behutsam wusch er sich die Seife aus den Augen. Dabei fiel sein Blick in den Spiegel. Einen Augenblick lang starrte er sich an. Dann langte er nach dem Handtuch.

Strenggenommen mußte er sofort zur Polizei.

Du lieber Gott, war das Zimmer kalt.

Wie spät es wohl sein konnte?

Er lief zum Stuhl, streifte das Hemd über und knöpfte es zu, legte sich den Schlips um und stopfte ihn unter den abgeschabten Kragen. Mit dem Knoten gab er sich nicht lange ab, sondern ließ die Enden lose auf der Hemdbrust baumeln. Darüber zog er seine schwere Tweedjacke.

Er fror immer noch. Darum kreuzte er die langen Arme und schlug sich im Takt in die Seite, um wenigstens etwas Wärme in den Körper zu bringen. Dann lief er ans Fenster, zog die gelben Spitzenvorhänge zur Seite und blickte hinunter. Schräg unter ihm war das Schild MÖBLIERTE ZIMMER, zwei Stockwerke tiefer die Straße. Ob schon Leute auf den Beinen waren? Das müßte eigentlich verraten, wie spät es war.

Keine Menschenseele auf der Straße.

Er mußte unbedingt zur Polizei, soviel stand mal fest.

Aber um sechs Uhr früh da einfach reinplatzen? Na gut, es konnte jetzt auch etwas später sein. Um sechs war es schließlich noch dunkel draußen. Die Menschen wagten sich bestimmt nur wegen der fürchterlichen Kälte nicht aus den Häusern. Es konnte ohne weiteres schon neun sein, vielleicht auch zehn, wie sollte er das wissen? Er ließ die Gardine wieder zurückfallen, ging zum Schrank und zog die Tür auf. Ganz unten drin stand ein kleiner, uralter Koffer. Gehörte seiner Mutter. Auf dem Leder klebte nur ein einsamer Zettel, allerdings ein Prachtstück, grüngelb. NIAGARAFÄLLE, NEW YORK, stand im Halbkreis am Rand, darunter rauschte in weißen und blauen Farbtönen ein gewaltiger Wasserfall zu Tal. Seine Mutter hatte die Flitterwochen dort zugebracht. Dieser Koffer war ihr einziges Gepäckstück, ihr ganzes

Leben lang. Sie vertraute es ihm jedesmal an, wenn er in die Stadt mußte, um die Holzwaren aus seiner Werkstatt zu verkaufen. Meist ging er dreimal im Jahr in die Stadt, manchmal auch ein viertes Mal. Aber im Februar hatte er bisher noch nie her gemußt.

Plötzlich fiel ihm ein, daß morgen Valentinstag war.

Er mußte seiner Mutter unbedingt eine Valentinskarte schicken.

Er nahm seinen schweren grünen Mantel aus dem Schrank. Den zog er immer dann an, wenn er im Winter in die Stadt mußte. Jetzt ließ er das gute Stück aufs Bett fallen, ging zur Kommode, klaubte sein Kleingeld zusammen und steckte es in die rechte Hosentasche. Dann nahm er die Brieftasche, schaute kurz rein und holte das Geld hervor, das er gestern für seine Schnitzereien bekommen hatte. Er zählte noch mal nach – genau hundertzweiundzwanzig Dollar. Zufrieden steckte er das Geld zurück in die Brieftasche, holte seinen Mantel wieder vom Bett und zog ihn an. Dabei mußte er fast seine schweren Schultern verrenken.

Er knöpfte den Mantel bis obenhin zu und ging noch einmal hinüber zum Waschtisch. Dort betrachtete er sich ein zweites Mal im Spiegel. Er fand eigentlich nichts an sich auszusetzen. Das war auch wichtig. Schließlich sollte die Polizei nicht denken, daß da ein Penner hereingelatscht kam.

Wo bloß das nächste Revier lag?

Er mußte schon die Wirtin fragen. Wenn er doch nur ihren Namen behalten könnte.

Ob sie überhaupt schon wach war?

Er fühlte sich ganz schön hungrig. Bevor er zur Polizei ging, mußte er unbedingt noch irgendwo frühstücken.

Er überlegte, ob er seine paar Habseligkeiten aus der Kommode holen und packen sollte oder ob das noch Zeit hatte. Es lief ihm schließlich nicht weg. Aber das Geld sollte er eigentlich schnell seiner Mutter schicken. Steckte eine Menge Arbeit drin, in diesen hundertzweiundzwanzig Dollar, wirklich eine Menge Arbeit. Und außerdem mußte das Geld bis April oder sogar Mai reichen, je nachdem, wann er wieder in die Stadt kam. Oder vielmehr sein Bruder, ja natürlich, das nächste Mal mußte wohl sein Bruder kommen. Schluß jetzt, das Packen konnte wirklich bis nachher warten.

Er trat aus dem Zimmer und schloß die Tür hinter sich ab. Dann stieg er die Treppe runter zum ersten Stock. Das Linoleum auf den Stufen war alt und ausgetrampelt. Das hatte er schon gemerkt, als er das Zimmer mieten kam, vor zwei Tagen. Aber er war nicht durch Zufall hier rausgekommen, so weit weg von der Innenstadt. Er wußte nämlich ganz genau, daß Zimmer hier viel billiger zu haben waren. Und er dachte auch gar nicht daran, sich an dem abgetretenen Linoleum zu stören, das konnte ruhig der Teufel holen. Hauptsache, das Bett war einigermaßen, und nichts krabbelte drin rum. Das Zimmer kostete nur vier Dollar die Nacht, billiger ging's kaum noch, höchstens unten im Asyl. Aber für solch einen Haufen besoffener Pennbrüder war er sich ja nun doch zu gut.

Die Wirtin wohnte im Erdgeschoß, hinten am Ende des Flurs. Der roch angenehm sauber. Sie hatte hier auf Händen und Knien den Fußboden geschrubbt, als er das Zimmer mieten kam. Das war letzten Dienstag. Er hatte gleich gewußt, das war ein sauberes Haus, keine Wanzen in den Betten. Wanzen, darauf mußte man besonders achten. »Nimm dir nie ein Bett mit Wanzen drin«, sagte seine Mutter immer. Genaugenommen war es ihm ja schleierhaft, wie man einem Bett anmerken sollte, ob Wanzen drin rumtanzten. Bis man selbst drinlag. Und dann war es wohl zu spät, etwas gegen die Biester zu unternehmen. Sie hatten einen vorher bei lebendigem Leib aufgefressen.

Aber als er das Desinfektionsmittel im Flur roch, wußte er gleich, diese Frau hier war eine Dame, pieksauber. Er hielt jede Wette, daß sie auch den Spiralfedern im Bettgestell mit einem Mittel zu Leibe rückte. Da versteckten sich nämlich die Wanzen am liebsten. Zu Hause wusch seine Mutter die Spiralen immer mit Salmiak aus. Dazu nahm sie eine Zahnbürste. Er hatte keine Ahnung, warum es gerade Salmiak sein mußte, wahrscheinlich machte es alles Ungeziefer kalt. Manchmal sprühte sie die Spiralen auch mit irgendeinem Insektenmittel ein. Seine Mutter war eine äußerst saubere Frau.

Wenn er bloß wüßte, wie spät es war. Er wollte die Wirtin nicht gern zu früh aus dem Bett jagen. Ach was, schließlich mußte er ihr doch sagen, daß er heute auszog. Und die Rechnung bezahlen. Er hob die Hand und klopfte sacht an die Tür.

»Wer ist da?« fragte es von drinnen.

Na prima, sie war also schon wach.

»Ich bin's«, antwortete er. »Mr. Broome.«

»Augenblick, Mr. Broome«, rief die Wirtin. Er wartete, bis sie an die Tür kam. Oben im Haus ging irgendwo die Toilettenspülung. Die Tür öffnete sich.

»Guten Morgen«, sagte er.

»Guten Morgen, Mr. Broome«, sagte die Wirtin. Dougherty, ja, so hieß sie. Agnes Dougherty. Jetzt war es ihm wieder eingefallen.

»Hoffentlich habe ich Sie nicht geweckt, Mrs. Dougherty«, sagte er.

»Nee, ich war schon beim Frühstück«, antwortete sie. Sie war eine kleine, dünne Frau in einem verblichenen, mit Primeln bedruckten Morgenrock. Ihr Haar steckte voller Lockenwickler. Klein, wie sie war, erinnerte sie ihn an seine Mutter. »Frag mich nur nicht, wie ich jemals ein junges Pferd wie dich ans Licht der Welt befördern konnte«, sagte seine Mutter stets zu ihm. Es war in der Tat ulkig, wenn man sich's überlegte. Weil sie doch so klein war.

»Was kann ich für Sie tun, Mr. Broome?«

»Also, ich will heute ausziehen, und da dachte ich –«

»Was, heute schon?«

»Ja. Was ich hier zu tun hatte, hab' ich erledigt, und da –«

»Was hatten Sie denn hier zu tun, Mr. Broome? Ach, kommen Sie doch herein und trinken Sie eine Tasse Kaffee mit mir.«

»Soll ich wirklich?«

»Kommen Sie nur rein. Immer hereinspaziert«, sagte sie keck. Sie hatte eine helle Stimme. Ein sehr nettes, kleines Frauenzimmer.

»Okay«, sagte er. »Aber nur, weil ich sowieso reinkommen müßte, um die Rechnung zu bezahlen.«

Er trat ein, und sie schloß die Tür hinter ihm. Die Wohnung roch genauso sauber wie der Flur. Das gleiche starke Desinfektionsmittel hing in der Luft. In der Küche war das Linoleum an einigen Stellen schon durchgescheuert, und der Holzboden lugte vor. Auch der war geschrubbt, fast weiß. Auf dem Küchentisch prangte ein sauberes Wachstuch mit einem Muschelmuster.

»Setzen Sie sich nur hin«, sagte Mrs. Dougherty. »Wie mögen Sie denn Ihren Kaffee am liebsten?«

»Tja, Madam, eigentlich trinke ich ihn schwarz mit drei Stückchen Zucker.« Er kicherte vor sich hin. »Meine Mutter meint, ich hab' das Zuckerschlecken von meinem Vater geerbt. Er kam bei einem Zugunglück ums Leben. Ich war damals erst sieben.«

»Oh, das tut mir leid«, sagte Mrs. Dougherty, brachte eine saubere Tasse an den Tisch und goß sie bis zum Rand voll Kaffee.

»Na ja, ich kann mich kaum an ihn erinnern.«

»Da ist der Zucker«, sagte sie und schob ihm die Schüssel rüber. Sie setzte sich ihm gegenüber an den Tisch und nahm die Scheibe Toast, an der sie gegessen hatte, ehe er an die Tür klopfte. Dann fiel ihr ein, daß sie ja einen Gast hatte. »Möchten Sie auch gern einen Toast?«

»Nein, vielen Dank, Madam.«

»Wirklich nicht?«

»Na ja, wenn Sie darauf bestehen...«

»Ich mache Ihnen welchen«, sagte sie, stand auf und ging zur Anrichte neben dem Spülstein. Dort nahm sie eine Scheibe Brot aus der wasserdichten Hülle und steckte sie in den Toaströster. »Oder möchten Sie lieber gleich zwei Scheiben?« fragte sie.

Er zuckte die Schultern, grinste und sagte: »Ich glaube fast, ich könnte zwei verdrücken, Madam.«

»Für einen gesunden Appetit braucht sich doch niemand zu schämen«, meinte sie und steckte noch eine Scheibe Brot in den Röster. »So«, sagte sie dann und kam zurück an den Tisch. »Wollten Sie mir nicht gerade erzählen, was Sie hierher in die Stadt getrieben hat?«

»Ich verkaufe hier unsere Sachen.«

»Was für Sachen denn?«

»Wir haben zu Hause eine Holzwerkstatt. Nur eine kleine Werkstatt, müssen Sie wissen.«

»Wer ist wir?«

»Mein Bruder und ich.«

»Wo?«

»Ganz oben, in Carey. Kennen Sie Carey?«

»Nein, ich glaube nicht.«

»Ein ganz kleiner Ort. Huddleston ist die nächste Stadt, soviel ich weiß.«

»Ach ja, Huddleston«, sagte Mrs. Dougherty.

»Man kann dort oben Ski laufen. Laufen Sie Ski?«

Mrs. Dougherty mußte lachen. »Nein, nein, ich laufe nicht Ski«, erwiderte sie und nippte an ihrem Kaffee. Dann stellte sie die Tasse hin und sprang auf, weil der Toaströster klickte. Sie brachte die beiden Scheiben an den Tisch und schob ihm die Butterschüssel und den Marmeladentopf hin. Dann setzte sie sich wieder. Während er Butter auf seinen Toast strich, fragte sie: »Was machen Sie eigentlich in Ihrer Werkstatt, Mr. Broome?«

»Och, Holzwaren aller Art.«

»Möbel?«

»Nein, das gerade nicht. Wir schreinern zwar Bänke und kleine Tische, aber nichts wirklich großes. Meist Salatschüsseln, Brotbretter und ähnliches Zeug aus Holz – alles kleine Sachen, wissen Sie? Mein Bruder schnitzt auch ein bißchen.«

»Das hört sich nett an«, meinte Mrs. Dougherty. »Und dann bringen Sie die Sachen in die Stadt und verkaufen alles, stimmt's?«

»Einiges verkaufen wir auch zu Hause« sagte er. »Aber das langt nicht, um uns über Wasser zu halten. Im Sommer geht es noch ganz gut, dann kommen viele Touristen. Sie wollen altes Zeug kaufen, und wir kriegen es so hin, daß immer wieder einige bei uns reinschauen. Aber im Winter sind fast nur Skiläufer bei uns oben, und die kommen nur rein, wenn's regnet und Essig ist mit Skilaufen. Deshalb geh' ich möglichst viermal im Jahr in die Stadt, meistens im Winter.« Er überlegte einen Augenblick. »Das erste Mal übrigens, daß ich im Februar hier bin.«

»Wirklich?« fragte sie. »Und wie gefällt es Ihnen?«

»Na ja, kalt genug ist es auf jeden Fall«, bemerkte er und lachte. Er fühlte sich jetzt ganz zu Hause, biß tief in den Toast und hob die Kaffeetasse. »Sagen Sie, wie spät ist es eigentlich?«

»Kurz nach acht.«

»Ich glaube fast, ich hab' verschlafen«, stellte er fest und kicherte. Sollte er sie jetzt nach dem Polizeirevier fragen?

»Wann stehen Sie denn sonst auf?«

»Zu Hause in Carey?«

»Ja.«

»Tja, meine Mutter geht schon sehr früh in die Küche. Mein Vater war ein Bahnarbeiter, er mußte immer auf Frühschicht, darum war er auch ans Frühaufstehen gewöhnt. Und sie wirtschaftet jeden Morgen schon um fünf, halb sechs herum. Mein kleiner Bruder wird schnell wach, und wir haben dasselbe Schlafzimmer. Denn wir besitzen nur ein ganz kleines Haus da oben, unter uns gesagt, kaum mehr als eine Hütte. Wenn also meine Mutter anfängt zu rumoren, kann ich genausogut gleich aufstehen. So ist das nun mal«, meinte er und mußte wieder lachen.

»Sie können richtig herzlich lachen«, sagte Mrs. Dougherty. »Die meisten großen Männer lachen so.«

»Wirklich?«

»Das habe ich schon oft beobachtet.«

Jetzt wäre eigentlich der richtige Augenblick, um nach dem Polizeirevier zu fragen, dachte er, aber dann wollte er sie doch lieber nicht beunruhigen. Darum hob er seine Kaffeetasse, nippte einmal, schmatzte genießerisch und biß tief in die zweite Scheibe Toast.

»Ich möchte gern für letzte Nacht bezahlen.« sagte er. »Ich habe nur eine Nacht vorausbezahlt, wissen Sie noch?«

»Ja, das stimmt«, erwiderte Mrs. Dougherty. Er langte nach seiner Brieftasche, aber da warf sie schnell ein: »Na, nun trinken Sie doch erst mal Ihren Kaffee aus, Mr. Broome. Es hetzt Sie doch niemand.«

»Danke sehr, Madame.«

»Wie alt sind Sie eigentlich, Mr. Broome? Oder haben Sie nicht gern, daß ich das frage?«

»Macht mir gar nichts aus, Madame. Im Mai werde ich siebenundzwanzig. Am Zwölften.«

»Das hab' ich ungefähr geschätzt. Wie alt ist denn Ihr Bruder?«

»Zweiundzwanzig.« Er war einen Augenblick still. »Morgen ist Valentinstag. Haben Sie daran schon gedacht?«

»Mir schickt ja doch niemand eine Valentinskarte.«

»Na, das kann man nie wissen, Mrs. Dougherty«, meinte er. »Nachher will ich gleich eine für meine Mutter kaufen.«

»Das finde ich aber sehr nett von Ihnen«, sagte Mrs. Dougherty. Sie schwieg einen Augenblick, lächelte etwas gezwungen und sagte dann:

»Wir hatten nie Kinder.«

»Das tut mir leid, wirklich.«

Sie nickte. Er trank seinen Kaffee aus, langte dann in die Brieftasche und gab ihr eine Fünf-Dollar-Note. »Ich gehe wechseln«, sagte sie.

Er blieb am Tisch stehen, während sie in das Nebenzimmer ging, um ihre Handtasche zu holen. Er wollte sie doch lieber nicht nach dem Polizeirevier fragen. Sie sollte sich nicht aufregen. Nun gerade nicht, weil sie doch so betrübt war, daß sie keine Kinder hatte und niemand ihr eine Valentinskarte schicken konnte. Er wollte seiner Mutter ganz bestimmt eine schicken. Ob sie die Karte wohl rechtzeitig bekam? Wahrscheinlich doch. Er wollte sie als erstes kaufen, noch bevor er zur Polizei ging. Und gleich abschicken, seine Mutter hatte sie dann bestimmt morgen früh.

»So, da haben Sie Ihr Geld, Mr. Broome«, sagte die Wirtin und kam in die Küche zurück. Er nahm die Dollarnote, stopfte sie in seine Brieftasche und zog den Mantel an.

»Wenn Sie noch mal in die Stadt kommen, beehren Sie mich doch wieder.«

»Darauf können Sie sich verlassen, Gnädigste.«

»Sie sind wirklich ein Gentleman.«

»Danke verbindlichst, Madam«, sagte er. Das war ihm nun doch etwas peinlich.

»In dieser Gegend...«, fing sie wieder an, besann sich aber und schüttelte den Kopf.

»Ich komme später wieder und packe meine Sachen«, teilte er ihr mit.

»Lassen Sie sich nur Zeit.«

»Tja, ich hab' auch noch einiges zu erledigen, um die Wahrheit zu sagen.«

»Lassen Sie sich nur Zeit«, wiederholte sie und begleitete ihn zur Tür.

Der Drugstore lag an der Ecke Ainsley Avenue und Elfte Nord. Links im Laden war ein Stehbüfett. Alles andere lag voller Arzneien und Krimskrams. Vor einer langen Reihe Wärmflaschen stand ein Gestell mit Taschenbüchern. Schreiende Titel und Umschlagbilder. Weiter hinten, neben einem wüsten Haufen von Kämmen und Glasspritzen, stand wirklich ein kleines Regal mit Glückwunschkarten. Roger ließ die Bücher links liegen – im Vorbeigehen sprang ihm der Titel ALLES ÜBER FLUGZEUGE in die Augen – und steuerte schnurstracks auf sein Ziel zu.

Da waren zunächst Geburtstagsglückwünsche aller Art – Geburtstag des Sohnes, der Tochter, Mutter, Vater, Bruder, Schwester, Großvater, Großmutter und allerlei entferntere Verwandte. Er blätterte sie schnell durch, überflog kurz die Abteilungen für Kondolenzen, Jubiläen, Geburten. Ganz zum Schluß kam er endlich zu den Valentinskarten. Die wurden jedes Jahr mehr auf Witz getrimmt. Roger mochte das gar nicht. Um die Wahrheit zu sagen, meist ging ihm der Witz nicht auf.

Am Regal klebten Schilder. Sie machten ihm klar, daß auch die Valentinskarten in Kategorien eingeteilt waren, so wie bei den Geburtstagen. Er fand Karten für die Liebste, die Ehefrau, Mann, Mutter, Vater, die Reihe ging weiter. Aber das genügte ihm schon, er hatte ja, was er brauchte, etwas für seine Mutter. Alles andere interessierte jetzt nicht.

Er betrachtete zwei, drei Karten und hatte plötzlich etwas wirklich Schönes gefunden, etwas mit einem Herzen aus richtiger Seide vorn drauf und rosa Bändchen, und oben drüber stand in zierlicher Goldschrift das Wort MUTTER. Er faltete die Karte auf. Drinnen prangte ein Gedicht. Das mußte er erst mal genau lesen. Diese Karten sahen oft sehr schön aus, aber der Text war Mist. Man konnte gar nicht vorsichtig genug sein.

Roger las:

Der lieben Mutter
Du sorgst für mich tagaus, tagein,
Wie kann ich Dir nur dankbar sein?
Dein liebes Wort zu jeder Zeit
hält Trost und Ansporn mir bereit.
Und wenn der Tag sich neigt zur Ruh
und müd ich schließ die Augen zu,
wer sitzt an meinem Bett und singt
ein Lied, das mir den Schlummer bringt? –
Die liebe Mutter.

Roger las den Vers noch mal, dann ein drittes Mal. Das war gerade richtig. Schön gefühlvoll, gut gereimt und im rechten Takt. Was diese Karte wohl kostete? Sie gefiel ihm gut, aber er wollte auch wieder nicht zuviel Geld für eine Valentinskarte ausgeben. Er ging quer durch den Laden zur Registrierkasse. Dort saß eine junge Negerin.

»Was kostet denn diese Karte?« fragte er das Mädchen.

»Zeigen Sie mal«, sagte sie, nahm die Karte, drehte sie um und suchte auf der Rückseite nach dem Preis. »Das macht fünfundsiebzig Cents.« Sie sah sein Gesicht und mußte lächeln. »Es gibt auch billigere, sehen Sie mal genau nach.«

»Aber diese gefällt mir«, meinte er.

»Sie ist auch sehr hübsch.«

»Stimmt. Besonders mag ich den Reim. Sonst haben diese Karten meist scheußliche Verse.«

»Es ist ein schönes Gedicht«, sagte das Mädchen und blickte flüchtig auf die Karte.

»Fünfundsiebzig? Ganz bestimmt?«

»Das steht doch hinten drauf, sehen Sie selbst.« Sie drehte die Karte um und hielt sie ihm hin. Dabei fiel sein Blick auf ihre langen Fingernägel. Sie zeigte auf einige Zahlen und Buchstaben am unteren Kartenrand. »Sehen sie das? XM-75 steht da. Das heißt fünfundsiebzig Cents.«

»Komisch. Warum steht nicht einfach da: Fünfundsiebzig Cents?« wollte er wissen.

Das Mädchen mußte lachen. »Das kann ich nun wirklich nicht sagen. Vielleicht soll es geheimnisvoll aussehen.«

»Allerdings, das tut es«, meinte er. Die beiden lächelten sich an. »Ich glaube, ich nehme das Ding«, reifte sein Entschluß.

»Ihre Mutter wird sich bestimmt sehr freuen«, bekräftigte das Mädchen.

»Das glaube ich auch. Ich brauche noch Briefmarken. Haben Sie welche?«

»Im Automaten.«

»Ach ja, Augenblick noch...«

»Bitte sehr?«

»Ich brauche noch eine Karte.«

»Gern«, sagte das Mädchen. »Bedienen Sie sich nur.«

Er ging wieder zum Kartenstand, ließ die Abteilungen für Mütter, Ehefrauen und Freundinnen abermals links liegen und hielt Ausschau nach einem Schild FREUNDE UND BEKANNTE. Das gab es nicht, aber unter DIVERSES fand er schließlich eine, die ihm passend erschien. Der Text war ganz simpel. EINEM NETTEN MENSCHEN ZUM VALENTINSTAG stand drauf. Innen drin war diesmal kein Gedicht. ALLES GUTE. Nichts weiter. Er nahm die Karte und zeigte sie dem jungen Mischlingsmädchen.

»Finden Sie die hübsch?« fragte er.

»Wer soll sie denn bekommen? Ihr Mädchen?«

»Ich habe kein Mädchen«, antwortete er.

»Nun mal langsam«, meinte sie. »Das gibt es ja gar nicht. So ein großer, hübscher Kerl wie Sie?«

»Nein. Ganz bestimmt nicht. Ich hab' keine Freundin.« Plötzlich ging ihm auf, daß sie mit ihm flirtete.

»Na, für wen soll die denn sonst sein?« fragte sie, schon ganz kokett im Ton.

»Für meine Wirtin.«

Das Mädchen lachte. »Sie sind bestimmt der einzige Mann in der Stadt, der seiner Wirtin eine Valentinskarte schickt.«

»Na wenn schon«, meinte er und stimmte in ihr Lachen ein.

»Das muß ja eine tolle Frau sein, Ihre Wirtin.«

»Sie ist sehr nett.«

»Bestimmt eine Blondine. Möchte drauf wetten.«

»Nein. Nein, ich glaube nicht.«

»Was denn dann? Rotes Haar etwa?«

»Nein, nein, ich glaube, sie –«

»Oder sind Ihnen dunkle Mädchen vielleicht lieber?« Sie sah ihm jetzt voll in die Augen.

Auch er sah sie an, sagte aber nichts.

»Mögen sie dunkle Mädchen?« fragte sie jetzt gerade heraus.

»Ich mag dunkle Mädchen«, sagte er.

»Das nehm' ich Ihnen ab«, sagte sie leise.

Sie waren beide einen Augenblick still.

»Was bin ich schuldig?« fragte er dann.

»Warten Sie, ich muß erst die Karte für Ihre Wirtin sehen«, sagte sie. »Fünfundsiebzig und...« Sie drehte die Karte um. »...Fünfundzwanzig, das macht einen Dollar.«

Er nahm eine Dollarnote aus seiner Brieftasche und reichte sie ihr hinüber.

»Wollten Sie nicht noch Briefmarken?«

»Ja, und?«

»Haben Sie denn Kleingeld für den Automaten?«

»Ich glaub' schon«, meinte er.

»Er hängt gleich da drüben«, sagte sie und deutete mit einer Kopfbewegung auf den Automaten. Sie registrierte seinen Dollar in der Kasse und holte unter dem Ladentisch eine Tüte hervor. »Sind Sie hier aus der Gegend?«

»Nein.«

Sie sah ihm zu, als er die Münzen in den Automaten steckte und den Hebel für die Briefmarken zog.

»Nicht aus der Stadt?«

»Nein.«

»Woher denn?«

»Aus Carey. Kennen Sie Carey?«

»Glaube nicht.«

»Es liegt bei Huddleston. Laufen Sie Ski?«

»Ich?« fragte das Mädchen erstaunt. Sie mußte bei dem Gedanken lachen.

Er leckte an den Marken und klebte jede auf einen Umschlag, säuberlich oben in die Ecke. »Haben Sie was zum Schreiben?«

»Na klar«, antwortete sie. Neben der Kasse lag ein Stift. Sie reichte ihn herüber. »Haben Sie eigentlich jemals einen Farbigen Ski laufen sehen?«

»Um die Wahrheit zu sagen, ich bin selbst nie im Leben Ski gelaufen. Wie soll ich da wissen, ob Neger Ski laufen?«

»Na ja, es wird schon irgendwo einen oder zwei schwarze Skiläufer geben, irgendwo in den ganzen, großen Vereinigten Staaten, meinen Sie nicht auch?«

»Wird schon so sein.«

Sie schielte auf die Adresse, die er gerade schrieb. »Wer ist Dorothy Broome?«

»Meine Mutter.«

»Wie heißen Sie denn?«

»Roger Broome.«

»Ich heiße Amelia«, sagte sie.

»Freut mich sehr, Amelia«, wollte er die Vorstellung beenden.

»Amelia Perez.« Sie war noch nicht fertig. »Mein Vater ist Spanier.«

»Fein, fein Amelia«, sagte er, sah aus seiner gebückten Stellung zu ihr auf und lächelte. Dann machte er sich an den zweiten Umschlag.

»Ist der hier für ihre Wirtin, ähh, Roger?«

»Stimmt genau.«

»Mrs. ... Agnes ... Dougherty.« Amelia grinste spitzbübisch. »Muß ein Prachtstück sein.«

»Ist sie auch«, sagte Roger.

»Mmm.«

»So«, sagte er. »Fertig.«

»Briefkasten gleich um die Ecke«, belehrte ihn Amelia.

»Danke.« Die beiden sahen sich einen Augenblick in die Augen.

»Das wär's also«, meinte er und zuckte etwas bedauernd die Schultern. »Also bis dann.«

»Auf Wiedersehen, Roger«, rief sie ihm nach.

Auf dem Weg nach draußen machte er einen Abstecher in die Telefonzelle. Er schlug das Telefonbuch auf, suchte nach POLIZEI und fand schließlich unter STADTVERWALTUNG eine lange Kolonne mit der Überschrift POLIZEIWESEN. Mit dem Finger fuhr er die Reihe hinunter: Allgemeine Sicherheit, Jugendschutz, Mordkommission, Rauschgiftdezernat, Sprengkommando, Verkehrspolizei, Zentralwerkstatt und viele mehr. Wo blieben nur die verschiedenen Reviere? Was mußte man eigentlich tun, wenn man ganz einfach einen Polizisten sprechen wollte, und weiter nichts? Er schlug das Telefonbuch zu und ging noch mal zur Kasse zurück. Amelia sah erstaunt hoch.

»Na, haben Sie was vergessen?«

»Ich hab mich mit einem Freund vor dem Polizeirevier verabredet. Nur weiß ich leider nicht, wo das liegt.«

»Gehen Sie quer durch den Park«, antwortete sie, »und dann stadteinwärts immer der Grover Avenue nach. Sie können es gar nicht übersehen. Davor sind doch diese großen, grünen Kugeln.«

2

»87« stand auf den beiden grünen Kugeln. Sie flankierten den Haupteingang. Die braune Tür war zu. Das rußdunkle Gebäude vor dem grauen Morgenhimmel bot einen trüben

Anblick. Roger blieb auf der anderen Straßenseite vor der niedrigen Steinmauer stehen. Hier stieß der Park im Norden auf die Grover Avenue. Roger blickte zum Haus hinüber. Ob jemand drin war? Er sah nur geschlossene Türen. Na ja, dachte er, schließlich ist es mitten im Winter. Da kann man schlecht verlangen, daß sie bei offenen Türen sitzen. Und die Polizei ist immer da, das gehört zu ihrem Beruf. »Geöffnet auch an Sonn- und Feiertagen.«

Er betrachtete sich das Gebäude noch einmal. Es war eine ziemlich trostlose Angelegenheit; der Schmutz eines halben Jahrhunderts klebte an den Mauern, vor den Fenstern hingen Maschendrahtgitter, und durch die halb zugezogenen Vorhänge konnte man nichts erkennen. Etwas freundlicher stimmte nur die dünne, weiße Rauchfahne über dem Dach. Der Schornstein selbst lag hinter dem First versteckt. Roger überlegte, wie viele Polizisten wohl drinnen saßen und ob er jetzt reingehen sollte. Vielleicht noch zu früh, um ihnen auf die Pelle zu rücken.

Unentschlossen lief er zwanzig, dreißig Meter die Straße hinauf, bis er an ein kleines Parktor kam. Er ging hinein und innen auf dem Kiespfad an der Mauer entlang zurück, bis er gegenüber wieder das Revier sehen konnte. Da stand eine Bank, mit der Lehne zur Mauer. Er setzte sich hin und drehte den Kopf zurück, so daß er das Haus im Auge behalten konnte.

Plötzlich öffnete sich das Portal. Ein Schwall uniformierter Polizisten ergoß sich schwatzend und lachend über die Stufen. Es sah aus, als strömten alle Polizisten der Stadt durch diese eine Tür. Auf der Straße trennten sie sich und liefen in verschiedenen Richtungen davon. Einige stadteinwärts, andere gerade entgegengesetzt. Wieder andere bogen an der Ecke nach Norden ab, zum Fluß. Ein halbes Dutzend überquerte die Straße und lief gerade auf das Parktor zu, durch das Roger erst vor wenigen Minuten gegangen war. Im Park schwenkten zwei Polizisten nach links und machten sich auf dem

Kiesweg in die andere Richtung davon, zwei gingen quer über den Rasen. Sie winkten den beiden letzten, die auf Rogers Bank zukamen. Als sie vorbeigingen, sah er hoch und nickte ihnen kurz zu. Einer der Polizisten winkte zurück, grinste und sagte »na, wie geht's?«, als ob sie gute Bekannte wären und sich jeden Morgen da träfen. Das war komisch, denn Roger hatte noch nie in seinem Leben auf dieser Bank gegenüber dem Polizeirevier gesessen. Die Polizisten schwatzten weiter und entfernten sich auf dem Kiesweg.

Roger sah ihnen nach, solange es ging.

Dann drehte er sich halb um und musterte wieder das Polizeirevier auf der anderen Straßenseite.

Es blieb ihm wohl nichts anderes übrig, als seine Geschichte einem Kriminalbeamten zu erzählen. Bestimmt nicht. Man ging wahrscheinlich einfach rein und fragte nach einem Detektiv. Die würden sich dann erkundigen, was man von dem Detektiv wollte, ähnlich wie in einer Bank oder einem großen Büro. Der Gedanke, erst einem anderen alles erklären zu müssen, bevor man ihn zu einem Kriminalbeamten vorließ, ärgerte ihn. Er wollte seine Geschichte sofort an der richtigen Adresse loswerden. Damit basta. So ein Unsinn, erst mit einem Uniformierten sprechen zu müssen. Doch nur sinnloses Geschwätz. Er murmelte vor sich hin. Diese Polypen.

»Polypen sind sie, alle da drin, ganz recht«, sagte die Stimme.

Roger erschrak und drehte sich schnell um. Er war so damit beschäftigt, das Haus zu beobachten, daß er die Schritte auf dem Kiesweg überhört hatte. Zu seinem Erstaunen sah er nun auf der Bank gegenüber einen Mann sitzen. Es war immer noch nicht später als vielleicht Viertel vor neun, eher früher. Und die Temperatur, na ja, er tippte auf ein paar Grad unter Null oder kälter. Er und der andere waren die einzigen, die im Park saßen. Sie sahen sich prüfend an.

»Was sagten Sie?« fragte Roger.

»Genau das sind sie da drüben, genau das«, meinte der andere.

»Wer ist was und wo?« erkundigte sich Roger.

»Polypen«, erklärte der andere. Er war ein kleiner, zierlicher Kerl, so um die Fünfzig, eingehüllt in einen schwarzen Mantel mit Kragen und Manschetten aus schwarzem Samt, auf dem Kopf ein grauer Filzhut. Er trug ihn spitzbübisch schief, ein Auge verschwand fast unter der Krempe. Ein Schnurrbart, schwarz und schmal wie ein Bleistiftstrich, prangte in seinem Gesicht, und etwas weiter unten, wo der Mantel klaffte, eine schwarze Fliege mit gelben Punkten. Das sah lustig aus, wie ein bemalter Flugzeugpropeller. Der Mann deutete mit einer verächtlichen Kopfbewegung auf das Polizeirevier gegenüber. »Polypen«, wiederholte er mit Nachdruck.

»Stimmt«, pflichtete Roger bei.

»Natürlich stimmt's. Was denn sonst?«

Roger starrte ihn an, nickte kurz und wandte sich wieder dem Revier zu. Die Unterhaltung war für ihn erledigt.

»Haben sie jemand in der Mache?« ertönte es hinter ihm.

»Wie bitte?« Roger drehte sich wieder um.

»Da drin.«

»Versteh nicht.«

»Haben sie jemand hopsgenommen?«

»Ich weiß nicht, was Sie meinen.«

»Jemand von deinen Leuten.«

»Von meinen Leuten?«

»Ja, da drin.«

»Was?«

»Halten sie da drüben einen von deinen Leuten fest?« erklärte der Mann und betonte jedes Wort.

»Ach so. Nein, niemand.«

»Warum starrst du das Haus dann so an?«

Roger zuckte wortlos die Schultern.

»Hör mal, bei mir brauchst du dich nicht so zu haben«,

meinte der Mann beleidigt. »Ich bin da drüben öfter aus- und eingegangen, als du an deinen Fingern und Fußzehen abzählen kannst.«

»Mm?« war Rogers ganzer Kommentar. Er wollte aufstehen und den Park verlassen. Da erhob sich der Mann, kam über den Weg und setzte sich neben ihn auf die Bank.

»Die dort haben mich schon wegen 'ner ganzen Menge Bagatellen vorgeknöpft«, prahlte der neue Nachbar. »Ich heiße Clyde.«

»Angenehm«, erwiderte Roger.

»Clyde Warren. Und wie heißt du?«

»Roger Broome.«

»Wohl neu hier«, sagte Clyde und fing an zu lachen. Er hatte auffallend weiße Zähne. Beim Lachen kam sein Atem stoßweise und verwandelte sich vor dem Mund in weiße Wölkchen. Mit einer Hand wischte er eine zu Eis erstarrte Lachträne aus dem Augenwinkel. Seine Finger waren von Nikotin ganz gelb. »Jawoll«, prustete er, »neu hier in der Gegend. Ha, ha, ich bin schon so oft da dringewesen, Roger. Wegen so vieler Bagatellen.«

»Interessant«, meinte Roger. »Ich glaube, ich muß jetzt weiter.« Er wollte wieder aufstehen, aber Clyde legte ihm die Hand sachte auf die Schulter. Er zog sie hastig wieder weg, als wäre ihm plötzlich aufgegangen, welch großen und starken Mann er neben sich hatte. Diesen Kerl darf man nicht reizen, schien die Geste zu sagen. Sie verfehlte ihre Wirkung nicht. Roger fühlte sich geschmeichelt und blieb sitzen. Schließlich, dachte er, ist dieser Mann schon oft dort dringewesen und weiß, was sich da tut.

»Was passiert, wenn man reingeht?«

»Reingeht?« fragte Clyde erstaunt. »Wenn man reingeht? Du meinst natürlich, wenn sie dich reinschleppen?«

»Hm. Ja, ich glaube schon.«

»Sie nehmen dich fest, wenn sie nur irgendeinen Grund finden, und dann wanderst du in die Arrestzellen im ersten

Stock. Da bleibst du eingesperrt, bis sie dich zur Identifizierung in die Zentrale verfrachten und dann zum Haftrichter. Wenn es ein schweres Verbrechen war, jedenfalls.«

»Was sind denn schwere Verbrechen?« fragte Roger.

»Tod oder Zuchthaus.«

»Was heißt das?«

»Die Strafen, meine ich.«

»Oh.«

»Na klar.«

»Na gut. Was für Sachen gehören dazu?«

»Einbruch ist ein Verbrechen, Mord ein Kapitalverbrechen, Raubüberfall zählt auch ganz schön schwer. Kapiert?«

»Ja.« Roger nickte.

»Aber zum Beispiel öffentliches Ärgernis«, meinte Clyde. »Das ist nur ein Vergehen.«

»Aha.«

»Jawoll, nur ein Vergehen«, unterstrich Clyde und grinste genüßlich. Seine Zähne waren wirklich ganz besonders weiß. »Unecht«, meinte er, als er Rogers bewundernde Blicke sah. Er schlug die Kiefer ein paarmal kräftig zusammen. Das Gebiß klickte vielsagend. »Nimm aber mal Sodomie«, setzte er die Lektion fort. »Das ist nun wieder ein Verbrechen. Du kannst dir dafür glatt zwanzig Jahre einhandeln.«

»Was Sie nicht sagen«, meinte Roger.

»Doch, ganz bestimmt. Mich haben sie noch nie wegen Sodomie vorgehabt«, stellte Clyde fest.

»Freut mich«, erwiderte Roger höflich. Er hatte keine Ahnung, was Sodomie war. Es interessierte ihn auch nicht sonderlich, ob, wie oft und wofür sie seinen neuen Kumpan schon eingebuchtet hatten. Er wollte nur erfahren, was passierte, wenn sie einen erst mal da drin hatten.

Aber Clyde war noch nicht fertig. »Wenn sie dich wegen Sodomie verknacken wollen, mußt du es gegen den Willen des anderen oder mit Minderjährigen getrieben haben. Das konnten sie mir nie nachsagen.«

»Nehmen die Polypen einem da drinnen auch Fingerabdrücke ab?«

»Ich sag' doch gerade, mich haben sie noch nie für Sodomie drangekriegt.«

»Ich meine überhaupt.«

»Natürlich nehmen sie die Fingerabdrücke. Das gehört dazu. Sie haben die Pflicht, dir Fingerabdrücke zu nehmen, deine Hände schmutzig zu machen und überhaupt dafür zu sorgen, daß du dich so ungemütlich fühlst, wie's nur geht. Dafür wird ein Bulle bezahlt.«

»Soso«, antwortete Roger. Beide schwiegen. Roger sah wieder über die Schulter zum Revier.

»Ich wohne hier ganz in der Nähe«, nahm Clyde seinen Faden wieder auf.

»Mm«, machte Roger.

»Hübsche kleine Wohnung.«

»Darf man mal telefonieren?« wollte Roger wissen.

»Wie bitte?«

»Bei der Polizei, meine ich.«

»Ach so, klar. Komm doch mit.«

»Wohin?«

»In meine Wohnung.«

»Wozu denn?«

Clyde zuckte die Schultern. »Ich dachte, du hast vielleicht Spaß dran.«

»Oh, vielen Dank. Ich hab' aber noch was in der Stadt zu erledigen.«

»Vielleicht kannst du später mal vorbeikommen.«

»Danke, aber –«

»Wirklich 'ne hübsche Wohnung.« Clyde gab noch nicht auf.

»Ja, aber –«

»Sie haben mir noch nie was Großes anhängen können, wenn dich das beruhigt.«

»Das meine ich doch gar nicht.«

»Öffentliches Ärgernis, nicht mehr. Ich hätte dir's doch sonst gesagt.«

»Ich weiß, ich weiß, aber –«

»Sie nehmen mich nur so zum Zeitvertreib ab und zu fest. Damit hat sich's.« Clyde zog eine verächtliche Grimasse. »Bullen!«

»Also vielen Dank auch«, sagte Roger. Er war schon aufgestanden. »Aber ich –«

»Kommst du später?«

»Nein, ich glaube kaum.«

»Ich hab' übrigens einen Pudel«, startete Clyde einen letzten Versuch.

»Ja?«

»Er heißt Schatzie, ein hübscher kleiner Hund. Würde dir bestimmt gefallen.«

»Tut mir leid«, meinte Roger.

»Ach bitte!« Clyde schaute zu ihm hoch.

Roger schüttelte den Kopf.

»Nein.« Er blieb fest. »Nein«, sagte er noch mal und ging weg.

Er fragte sich zum Postamt auf der Culver Avenue durch. Dort füllte er einen Postscheck über hundert Dollar aus, zahlbar an Dorothy Broome. Der Postscheck kostete fünfunddreißig Cents. Dann mußte er noch mal sechs Cents für einen frankierten Briefumschlag ausgeben. Darauf schrieb er die Adresse seiner Mutter, Terminal Street, Carey. Er steckte den Postscheck in den Umschlag, klebte ihn zu und lieferte ihn am Schalter ab.

»Kommt das morgen an?« fragte er den Beamten.

Der sah sich die Adresse an. »Müßte eigentlich«, meinte er. »Was vor fünf eingeliefert wird, müßte morgen da sein. Garantieren kann man das natürlich nie. Kann sein, daß sie es da oben zwei, drei Tage liegenlassen.«

»Nein, die sind mächtig auf Draht«, klärte ihn Roger auf.

»Dann kann ja nichts passieren«, meinte der Beamte.

Roger bedankte sich.

Als er wieder auf der Straße stand, betrachtete er sich den Himmel. Eins mußte er noch erledigen, ehe er zur Polizei ging: Seine Mutter in Carey anrufen. Er mußte ihr sagen, daß er heute abend nicht wie geplant nach Hause kommen konnte, daß sie sich aber keine Sorgen machen sollte. Im Schaufenster eines Juwelierladens war eine Uhr. Die Zeiger standen immer noch nicht auf neun. Das machte aber nichts, seine Mutter war bestimmt schon lange auf. Er hatte das ja auch Mrs. Dougherty erklärt. Was die wohl sagen würde, wenn sie eine Valentinskarte kriegte. Er hätte ihr Gesicht zu gern dabei beobachtet.

Lächelnd setzte er seinen Weg fort, auf der Suche nach einem Telefon. Ein Haufen Teenager, Jungen und Mädchen, lungerte vor dem Eingang eines großen Hauses herum. Sie schwatzten, lachten und rauchten. Alle trugen Schulbücher. Die Mädchen hielten sie fest an ihre kleinen, hohen Brüste gepreßt, die Jungen leger unter dem Arm oder an Kordeln. Die Schule fängt bestimmt jeden Augenblick an, dachte Roger. Er mußte an seine eigene Schulzeit in Carey denken. Wenige Meter weiter war ein Süßwarenladen. Der lenkte ihn von seinen Erinnerungen ab.

Roger trat hinein, ganz hinten war eine Telefonzelle. Er verhielt an der Theke und ließ sich eine Dollarnote wechseln. Dann mußte er warten, bis eine dicke Frau, wahrscheinlich spanischer Herkunft, mit Telefonieren fertig war. Im Vorbeigehen lächelte sie ihn an. Er machte es sich in der Zelle bequem. Parfüm und Schweiß der Frau hingen noch in der Luft. Roger wählte die Distriktnummer von Carey und dann die Ziffern 7-3341. Er hörte, wie am anderen Ende das Telefon klingelte.

»Hallo?« Die Stimme seiner Mutter.

»Mom?«

»Roger, bist du's?«

»Ja, Mom.«

»Von wo sprichst du?«

»Ich bin in der Stadt.«

»Hast du das Zeug verkauft?«

»Ja, Mom.«

»Was hast du dafür bekommen?«

»Hundertzweiundzwanzig Dollar.«

»Mehr als wir dachten, stimmt's?« meinte seine Mutter erfreut.

»Siebenundvierzig Dollar mehr, Mom.«

»Ja, stimmt«, rechnete seine Mutter nach. »Das hast du prima gemacht, mein Sohn.«

»Das kommt, weil ich zu dem neuen Laden gegangen bin. Ich hab dir doch davon erzählt. Der Laden vom letztenmal, als ich kurz vor Weihnachten hier war. Weißt du noch?«

»Der mitten in der City?«

»Genau der. Weißt du, was mir der Mann da für die Salatschüsseln bezahlt hat, Mom?«

»Welche, die großen?«

»Beide, auch die kleinen.«

»Was denn, Roger?«

»Ich hab ihm ein Dutzend von den großen verkauft. Das Stück für anderthalb Dollar. Das ist mehr, als wir in unserem Laden dafür bekommen.«

»Das kann man wohl sagen. War der Mann oben nicht ganz richtig?«

»Doch, doch. Der wird wohl ganz schön draufschlagen. Sollte mich wundern, wenn er die großen Schüsseln nicht für drei oder sogar vier Dollar weiterverkauft.«

»Und was war mit den kleinen Schüsseln? Wieviel hat er dafür bezahlt?«

»Er hat nur ein halbes Dutzend davon gekauft.«

»Welcher Preis?«

»Ein Dollar das Stück. In unserem Laden geben wir sie für fünfundsiebzig Cents weg, Mom.«

»Stimmt. Wann kommst du nach Hause?«

»Ich hab' dir eben einen Postscheck über hundert Dollar geschickt, Mom. Paß morgen auf, wenn die Post kommt.«

»Okay. Wann kommst du?«

»Weiß noch nicht genau.«

»Was soll das heißen?«

»Sieh mal, ich –«

»Was meinst du mit ›weiß noch nicht genau‹?«

»Wann ich zu Hause bin«, erklärte Roger. In der Leitung herrschte Schweigen. Er wartete, fragte dann: »Mom?«

»Ich höre.«

»Wie... äh... wie geht's Buddy?«

»Gut.«

»Mom?«

»Ja?«

»Ich weiß noch nicht, wann.«

»Ich bin nicht schwerhörig.«

»Weißt du, hier ist noch was. Ich muß was erledigen.«

»Was mußt du erledigen?«

»Na ja«, fing er an und brach hilflos ab.

»Na, was?«

»Schau, du hast doch Buddy bei dir.«

»Buddy ist nur ein Bub.«

»Aber Mom, er ist doch schon zweiundzwanzig.«

»Ein Bub.«

»Ich bin doch selbst nicht viel älter, Mom.« Pause. »Ich bin doch auch nur siebenundzwanzig, Mom. Nicht mal ganz, sogar.«

»Das ist Mannesalter«, ließ sich seine Mutter nicht beirren.

»Und wenn schon. Tut mir leid. Ich weiß nicht, wann ich komme. Darum hab' ich dir das Geld geschickt.«

»Danke.« Eisig.

»Mom?« fragte er zaghaft.

»Was gibt's?«

»Bist du bös auf mich?«

»Nein.«

»Hört sich aber so an.«

»Ich bin nicht böse.« Pause. »Mein ältester Sohn will mich sitzenlassen. Mitten im Winter.«

»Aber Mom, du hast doch Buddy.«

»Buddy ist nur ein Junge. Wer soll den Laden führen, wenn du weg bist? Du weißt doch, daß ich gerade krank war, du weißt, daß –«

»Mom, ich kann's nun mal nicht ändern.«

»Was kannst du nicht ändern?«

»Diese Sache. Was ich zu erledigen hab'.«

»Und das wäre?«

»Hör mal, Mom. Wenn ich es dir erzählen wollte, hätte ich's schon längst getan. Das mußt du doch gemerkt haben.«

»Werd nicht auch noch frech«, kam die Antwort über Draht. »Denk bloß nicht, du wärst zu alt für eine tüchtige Tracht Prügel. Auf den nackten Hintern.«

»Tut mir leid.« Auch er konnte hart sein.

»Also: Was ist passiert?«

»Gar nichts.«

»Roger –«

»Wirklich nichts«, gab er scharf zurück. »Es tut mir leid, Mom, aber da gibt's nichts zu erzählen.«

Wieder Schweigen in der Leitung.

»Du hörst von mir«, versprach er. Bevor sie antworten konnte, hatte er aufgelegt.

3

Der Mann lungerte im Hauseingang neben dem Süßwarenladen. Er schien etwa in Rogers Alter zu sein, war groß und dürr, hatte rotbraune Bartstoppeln im Gesicht. Er trug einen grauen Mantel. Den hochgeschlagenen Kragen hielt er mit einer Hand vor dem Hals geschlossen. Hut und Handschuhe suchte man bei ihm vergebens. Die Hand, die den Kragen hielt, war kalkweiß, die andere hielt er in der Tasche vergraben. Er war damit beschäftigt, den Schulmädchen auf der Straße nachzustarren, als Roger aus dem Geschäft kam. Der Mann nahm seinen Blick von den Mädchen und kam auf ihn zu.

»He, Sie«, rief er leise.

Roger blieb stehen. Der Mann kam gemächlich näher. Er lächelte freundlich.

»Suchen Sie was?« fragte er Roger.

»Nein.«

»Sie sind doch nicht von hier, oder?«

»Nein.«

»Ich dachte nur, vielleicht hat Sie jemand geschickt.«

»Wozu sollte mich denn jemand geschickt haben?« meinte Roger erstaunt.

»Ganz gleich, wozu«, antwortete der Mann zuversichtlich. Er hielt mit Roger Schritt, als dieser weiterging. »Sie brauchen nur zu sagen, was Sie haben wollen. Wir besorgen alles.«

»Ich brauche eigentlich gar nichts.«

»Wollen Sie eine Frau?«

»Nein, ich –«

»Welche Farbe? Weiß, schwarz, braun? Oder gelb? Sagen Sie's nur, wir haben hier eine ganze Straße Frauen auf Vorrat.«

»Nein, ich will keine Frau«, erwiderte Roger.

»Vielleicht mögen Sie kleine Mädchen lieber? Wie alt? Neun, zehn, elf? Sie brauchen's nur zu sagen.«

»Nein, keine kleinen Mädchen.«

»Was denn sonst? Koks?«

»Koks?«

»Kokain, Heroin, Morphium, Opium, Kodein, Demerol, Benzedrin, Marihuana, Schlafpillen, Kokain mit Morphium? Sie brauchen nur Ihre Wünsche zu äußern.«

»Nein, danke.«

»Irgendwas müssen Sie doch brauchen. Kanone, Absteige,

Autonummer, vielleicht ein Alibi? Oder einen Hehler? Nur raus damit.«

»Ich brauche jetzt eine Tasse Kaffee«, ließ Roger grinsend die Katze aus dem Sack.

»Das kann doch nicht wahr sein.« Der Mann ließ enttäuscht die Arme sinken. »Da trifft dieser Mensch eine gute Fee, die gibt ihm drei Wünsche frei, und alles, was er will, ist eine Tasse Kaffee.« Er zuckte resignierend die Schultern. »Gleich um die Ecke. Ein Schnellimbiß. Der beste hier in der Gegend.«

»Fein«, meinte Roger.

»Ich werde Sie begleiten.«

»Wie kommt es nur, daß heute alle ganz wild auf meine Gesellschaft sind?« fragte Roger etwas ratlos.

»Wer weiß? Vielleicht ist gerade Woche der Brüderlichkeit? Wie heißen Sie denn?«

»Roger Broome.«

»Angenehm, Roger.«

Der Mann ließ seinen Kragen gerade lange genug los, daß er Roger flüchtig die Hand schütteln konnte. »Ich heiße Ralph Stafford. Freut mich sehr.«

»Tag, Ralph«, sagte der gutmütige Roger.

Sie hatten inzwischen die Ecke erreicht und steuerten auf eine kleine Imbißstube zu. Ein Ventilator blies den Küchendunst auf die Straße, er schlug sich in der Kälte zu einer dicken, weißen Dampfwolke nieder. Er roch schon hier draußen nach Gebratenem und billigem Fett. Roger zögerte. Aber Ralph ermunterte ihn. »Komm nur mit rein. Ist Klasse.«

»Na schön«, entschloß sich Roger, und beide traten ein.

Der Raum war klein und überheizt. Vor einer Theke mit Plastikauflage standen acht oder neun Barhocker, die Sitze aus rotem Kunstleder. Hinter dem Büfett langweilte sich ein nahezu kahlköpfiger Mann. Die Ärmel hatte er über seinen muskulösen Armen aufgerollt.

»Und?« fragte er, als die beiden Ankömmlinge sich setzten.

»Mein Freund hier möchte Kaffee«, verkündete Ralph. »Für mich heiße Schokolade.« Er lehnte sich zu Roger hinüber und flüsterte in vertraulichem Ton: »Kakao macht mir Pickel auf dem Rücken. Aber wen kratzt das schon? Was willst du eigentlich wirklich hier? Du bist doch kein Schnüffler?«

»Kein was?« fragte Roger, ratlos.

»Kein Bulle.«

»Nein.«

»Ehrlich nicht?«

»Ehrlich nicht.«

»Vor drei, vier Monaten war nämlich so einer hier. Der war von der Bundespolizei und wollte Rauschgift aufstöbern. Er brauchte hier nur abzugrasen.« Ralph musterte seinen Gefährten noch einmal genau. »Du siehst mir allerdings nicht wie ein Polyp aus. Ich glaube, bei dir kann man's riskieren.«

»Was riskieren?«

»Wenn ich nun was bei mir hätte?«

»Was?«

»Koks.«

»Ach so.«

»Könnte mich teuer zu stehen kommen.«

»Ja«, meinte Roger.

»Du siehst, ich riskiere schon was, wenn ich mich nur mit dir abgebe.«

»Ich weiß, ich weiß«, sagte Roger. Er lächelte seinen neuen Kumpan an.

»Du bist doch wirklich keiner, oder?«

»Nein, nein.«

»Kein Bulle, meine ich.«

»Bestimmt nicht.«

»Prima.«

Es gab eine Pause. Der Mann hinter der Theke brachte die Getränke. Ralph nippte vorsichtig an seinem Kakao und wandte sich wieder Roger zu.

»Wenn du aber kein Bulle bist«, meinte er forschend, »was bist du dann?«

»Ach, nur so einer. So'n ganz Gewöhnlicher.«

»Und was machst du hier?«

»Vor ein paar Tagen hab' ich ein Zimmer gemietet.«

»Wozu das?«

»Ich mußte in die Stadt, um was zu erledigen.«

»Was?«

»Ich mußte was verkaufen.«

»Heiße Ware?«

»Nein.«

»Handelst du etwa selbst mit dem Zeug?«

»Was meinst du?«

»Nein, ich glaube nicht. Du nicht.« Ralph winkte ab. »Aber was wolltest du nun eigentlich verkaufen?«

»Schüsseln. Und Löffel. Und kleine Bänke. Alles so'n Kram.«

»Wirklich?« Ralph zeigte sich skeptisch.

»Ja, wirklich. Mein Bruder und ich haben zu Hause eine kleine Werkstatt mit Laden.«

»Oh«, sagte Ralph. Er schien enttäuscht.

»Und das Zeug habe ich mitgebracht, weil ich es verkaufen wollte.«

»Wie bist du hergekommen?«

»Mit dem Wagen. Wir haben einen kleinen Lieferwagen. Gehört meinem Bruder und mir.«

»Was für einen Lieferwagen?«

»Einen 59er Chevrolet.«

»Kannst du da viel unterbringen?«

»Ganze Menge. Warum?«

»Na ja. Man wird wohl fragen dürfen. Wieviel paßt in das Auto?«

»Kann ich nicht genau sagen. Es ist nicht sehr groß. Aber ich denke –«

»Paßt ein Klavier rein?«

»Glaub' schon. Aber was soll's? Soll ich für dich ein Klavier transportieren?«

»Nein. Ich will mir nur eine Vorstellung von dem Auto machen können. Weißt du, manchmal ist es ganz nützlich, wenn man weiß, wo und wie man an ein Auto herankommen kann.«

»Wofür?«

»Um etwas zu transportieren.«

»Was denn?«

»Geklautes«, meinte Ralph so nebenbei und machte sich wieder über seine Schokolade her.

»Oh.« Roger war erschrocken.

»Was gibt's?«

»Ich glaube kaum, daß ich dir mein Auto dafür geben kann.«

»Mmm«, machte Ralph und blickte ihn einen Moment forschend an. Dann interessierte er sich wieder für seine Schokolade.

Die Tür ging auf und ließ einen großen, schweren Mann im braunen Mantel herein. Der knallte die Tür wieder zu, schälte sich aus dem Mantel, den er an einen Haken hängte. Er rieb sich die Hände warm und kam herüber zur Theke.

»Kaffee und französische Hefepfannkuchen«, lautete die Bestellung. Der Neuankömmling drehte sich um. Sein Blick fiel auf Roger und dann auf Ralph, der am Ende der Bar saß. »Sieh an, sieh an«, meinte der Mann. »Was ist denn da ans Licht gekrochen?«

Ralph sah von seiner Schokolade auf, nickte kurz und wünschte: »Guten Morgen.«

»Ich dachte, du hältst von Weihnachten bis Ostern deinen Winterschlaf, mein guter Ralphie.«

»Aber nicht doch. Nur die Bären halten Winterschlaf«, verteidigte sich Ralph.

»Ich dachte, du liegst zusammengerollt in deiner Bude. Mit genug Heroin für den ganzen Winter. Du enttäuschst mich wirklich.«

»Heroin? Weiß gar nicht, was Sie damit meinen.« Ralph war entsetzt.

»Wer ist denn dein Freund hier?« Der Mann gab keine Ruhe. »Einer von deinen Koksbrüdern?«

»Mit Rauschgift haben wir beide nichts zu tun«, versicherte Ralph. »Sie wissen doch ganz genau, daß ich diese Gewohnheit über Bord geworfen habe. Was soll also die Aufregung?«

»Ja, ja«, meinte der Neue philosophisch. Er wandte sich dem Barmann zu. »Sieh dir diesen Burschen gut an«, empfahl er. »Das ist der größte Kokser der ganzen Gegend. Für eine Ladung würde er seiner Großmutter das Glasauge stehlen. Hab' ich nicht recht Ralphie?«

»Völliger Quatsch«, wehrte sich Ralph. »Ganz auf dem Holzweg. Wie immer.«

»Ach, wirklich? Möchte nur wissen, bei wie vielen Gaunereien du jeden Tag mitmischst. Ganz davon zu schweigen, daß du immer Rauschgift bei dir hast, was allein schon gegen das Gesetz verstößt.«

»Ich hab' mit Gaunern nichts zu tun«, sagte Ralph würdevoll. »Und wenn Sie mich hier auf dem Fleck durchsuchen wollen, bitte sehr! Herzlich eingeladen. Ich stelle mich freiwillig, wenn Sie glauben, ich hätte Rauschgift bei mir.«

»Hat man da noch Töne, Chip?« bemerkte der Mann zu dem Barkeeper. »Ich soll ihn durchsuchen! Hätte nicht übel Lust, ihn beim Wort zu nehmen. Wenn diese Burschen so wild auf eine Durchsuchung tun, haben sie meist was zu verbergen.«

»Ach, laß ihn doch, Andy«, beschwichtigte der Barmann.

»Ja, laß ihn doch, Andy.« Das Echo kam von Ralph.

»Für dich immer noch Detektiv Parker, mein Freund. Merk dir das.«

»Bitte um Vergebung, Herr Detektiv Parker. Können Sie mir noch mal verzeihen, daß es mich überhaupt gibt?«

»Kaum«, sagte Parker. »Danke.« Letzteres zum Barmann, der den Kaffee und den Hefepfannkuchen hingestellt hatte.

Der Detektiv rückte dem Gebäck mit einem gewaltigen Biß zu Leibe und verschlang es schon beim erstenmal fast ganz. Dann nahm er die Kaffeetasse zum Mund, schluckte geräuschvoll und stellte sie wieder auf die Untertasse. Der Kaffee schwappte über. Parker rülpste, musterte Ralph noch einmal und wandte sich dann an Roger. »Seid ihr befreundet?«

»Wir haben uns eben erst kennengelernt«, antwortete Ralph.

»Wer hat dich denn gefragt?« fauchte Parker.

»Wir sind Freunde«, warf Roger ein.

»Wie heißt du?« fragte Parker. Er trank Kaffee, ohne Roger anzusehen. Als der nicht antwortete, wiederholte der Detektiv: »Wie heißt du?«

»Warum fragen Sie?«

»Du steckst mit einem bekannten Gauner zusammen. Das gibt mir das Recht, dich zu fragen.«

»Sind Sie von der Polizei?«

»Ich bin Kriminalbeamter, vom 87. Revier. Hier ist meine Legitimation.« Er knallte seine Erkennungsmarke auf den Tisch. Sie hing an einer Lederschlaufe. »Nun mal raus mit der Sprache. Wie heißt du?«

Roger betrachtete sich die Marke. »Roger Broome«, ließ er sich schließlich vernehmen.

»Und wo wohnst du, Roger?«

»Auswärts. In Carey.«

»Wo ist das denn?«

»Bei Huddleston.«

»Wo, zum Teufel, ist Huddleston? Nie gehört.«

»Etwa dreihundert Kilometer von hier.«

»Hast du hier in der Stadt eine Bleibe?«

»Ja, ich wohne vier oder fünf Straßen von –«

»Adresse?«

»Kann ich so nicht sagen. Die Frau heißt –«

»Welche Straße?«

»Zwölfte.«

»Wo da?«

»Bei der Culver Avenue.«

»Wohnst du etwa bei Mrs. Dougherty?«

»Stimmt«, sagte Roger erleichtert. »Bei Agnes Dougherty.«

»Und was hat dich in die Stadt getrieben?«

»Ich wollte die Holzsachen verkaufen. Mein Bruder und ich, wir machen sie in unserer Werkstatt.«

»Und, bist du sie losgeworden?«

»Ja.«

»Wann?«

»Gestern.«

»Wann gehst du wieder?«

»Weiß ich noch nicht genau.«

»Was treibst du mit diesem Kokser hier?«

»Na, na, Parker«, warf Ralph ein. »Ich hab' Ihnen doch gesagt, wir lernten uns gerade erst –«

»Detektiv Parker!«

»Schon gut, Detektiv Parker. Detektiv Parker, so richtig? Wir haben uns eben erst kennengelernt. Warum können Sie den Jungen nicht in Frieden lassen?«

»Was hab' ich denn Ihrer Meinung nach angestellt?« ließ sich Roger plötzlich vernehmen.

»Angestellt?« fragte Parker verständnislos. Er nahm seine Erkennungsmarke, steckte sie wieder in die Tasche und drehte sich auf seinem Hocker um. Er schaute Roger erstaunt an, als sähe er ihn in dieser Sekunde zum erstenmal. »Wer behauptet denn, du hättest was ausgefressen?«

»Na ja, weil Sie doch soviel fragen.«

»Das hast du deinem Freund hier zu verdanken. Der war schon oft im Gefängnis. Wie oft eigentlich, Ralphie? Dreimal, viermal? Einmal, weil du Rauschgift hattest, das weiß ich noch genau. War dann nicht auch mal was mit Einbruch? Und dann –«

»Zweimal, das ist alles«, fiel Ralph schnell ein.

»Zweimal langt auch«, grinste Parker. »Jetzt weißt du's, Roger, weshalb ich dich aushorche. Warum fragst du überhaupt? Sag mal, du hast doch nicht wirklich was ausgefressen?«

»Nein.«

»Na, wirklich nicht?«

»Ganz bestimmt nicht.«

»Du hast doch nicht etwa jemand mit einem Beil um die Ecke gebracht, Roger?« Parker lachte jetzt. »Letzten Monat erst ist uns das hier passiert. Ein Kerl wurde mit 'nem Beil erschlagen.«

»Es war eine Axt«, verbesserte ihn der Barmann.

»Wo ist denn da der Unterschied?« wollte Parker wissen.

»Da gibt es schon einen Unterschied«, beharrte der Barmann.

»Unterschied für wen? Für den, den's erwischt hat etwa? Was kümmert's den, der singt da oben schon längst im Chor.« Parker lachte noch mal, stand auf und holte seinen Mantel. »Was bin ich dir schuldig, Chip?« wollte er vom Barmann wissen.

»Laß nur«, meinte der. »Schreib's mir in den Schornstein.«

»So weit käm's noch.« Parker schüttelte energisch den Kopf. »Denk du nur nicht, ich bin ein Kaffee- und Pfannkuchen-Polyp. Wenn du mich kaufen willst, mußt du schon höher gehn. Also, was bin ich schuldig?«

»Wie hoch muß man denn gehn?« stichelte Ralph. »Dich haben sie doch schon für 'nen Fünf-Dollar-Schein gekauft. Tu bloß nicht so.«

»Ha, ha, ha, sehr komisch, wirklich«, äußerte Parker. Er legte einen Vierteldollar auf die Theke und drehte sich zu Ralph um. »Versuch doch mal, mich zu kaufen, Bruderherz. Wenn ich dich erwische, die Taschen voll mit Kram, dann käm' dir so was wohl ganz gelegen, wie?«

»Mit Rauschgiftsüchtigen ist kein Geschäft zu machen, das wissen Sie doch ganz genau, Parker.«

»Dein Pech, Brüderchen.« Er winkte dem Barmann zu. »Mach's gut, Chip.«

»Du auch, Andy.«

An der Tür drehte sich Parker noch einmal um. Er sah Roger an, jetzt ohne die Spur eines Lächelns. »Solltest du dich mit unserem Freund da zu lange rumtreiben, kann es sein, daß ich dir noch mehr Fragen stellen muß, Roger.«

»Werd's mir merken.«

»Ich wollte dir das nur gesagt haben.«

»Danke sehr.«

»Keine Ursache.« Parker lächelte wieder. »Kundendienst, alles Kundendienst.« Er trat auf die Straße und schmiß die Tür hinter sich zu.

»So ein Schweinehund«, murmelte Ralph.

4

Das Haus jagte Roger Furcht ein. Er stand wieder an der Parkmauer und sah hinüber zum Polizeirevier auf der anderen Straßenseite. Das Gebäude wirkte noch genauso kalt und tot. Es machte ihm gar nichts aus, den Leuten von der Polizei alles zu erzählen. Aber daß er dazu in das Haus da drüben mußte, davor graute ihm einfach. Er hätte mit dem Polizisten in der Imbißstube reden sollen. Aber der war ihm gar nicht sympathisch.

Sympathie war wichtig. So eine Geschichte ließ sich bestimmt leichter erzählen, wenn man den anderen gut leiden mochte. Ralph, der sich doch als Einbrecher und Kokser entpuppt hatte, war in Wirklichkeit viel netter als der Detektiv. Wenn da drinnen nur jemand wie Ralph säße. Dann konnte er einfach reingehen und sagen, ich heiße Roger Broome, und loslegen. Aber wie sollte er das von hier draußen wissen?

Mit dem Loslegen war das überhaupt so eine Sache. Wo anfangen? Am besten wohl mit dem Mädchen. Damit mußte die Geschichte dann auch aufhören. Zuerst mußte er den Kriminalbeamten erzählen, wie er das Mädchen getroffen hatte. Das war verflucht schwierig. Einem völlig Fremden gegenübersitzen und dann von dem Mädchen anfangen. Molly, so hieß sie. Wenn sein Detektiv nun so war wie dieser Kerl, dieser Parker? Wie konnte er dem die Geschichte mit dem Mädchen Molly erzählen? Je länger er darüber nachsann, desto unmöglicher kam ihm das Ganze vor. Worauf es in seiner Geschichte wirklich ankam, das ging noch. Da würde er auspacken, ohne mit der Wimper zu zucken, das war mal klar. Nur das Drum und Dran war so schwierig. Das mit dem Kennenlernen und so.

Gestern abend. Da hatte er eigentlich überhaupt nichts mit Mädchen im Sinn gehabt. (Das würde er der Polizei am besten zuerst erzählen, wenn es die Leute überhaupt interessierte. Ihm schien es jedenfalls wichtig.) Ungefähr um sieben war er mit dem Abendessen fertig geworden und zurück in sein Zimmer gegangen, oben in der Pension von Mrs. Dougherty. Er saß am Fenster und sah auf die Straße herunter, glücklich und zufrieden, daß er die Salatschüsseln so gut verkauft und außerdem in der City noch einen wertvollen Kunden aufgetan hatte. (Ja, damit konnte er anfangen. Da brauchte er gar keine Hemmungen zu haben, sogar da drüben nicht, in dem trostlosen Haus.)

Als er so in seinem Zimmer saß, fiel ihm ein, daß er eigentlich seine Mutter in Carey anrufen könnte. Sie würde sich über die gute Nachricht bestimmt freuen. Er tat es doch nicht. Er wollte die Freude heute abend nicht teilen, nicht einmal mit seiner lieben Mutter in Carey. Einmal mußte er etwas ganz für sich allein haben, und wenn es nur der Triumph über ein gutes Geschäft war. Er hatte sonst nie etwas für sich allein, in dem engen kleinen Haus in Carey, wo er das Zimmer noch mit seinem Bruder Buddy teilen mußte. Und hier bei Mrs. Dougherty war es eigentlich auch nicht viel anders. Zur Toilette mußte er über den ganzen Gang laufen, immer war da irgend jemand, und sogar im Zimmer gab es dauernd Krach. Vom Verkehr unten und aus den Wasserrohren an der Wand. Einmal einen verschwiegenen Ort finden, wo man so sein konnte, wie man war. Wo man glücklich sein oder, wenn einem danach war, auch heulen konnte, ohne daß sich jemand beschwerte.

So war er in seinem Glücksgefühl auf die Straße gegangen, gestern abend. Da war es wenigstens nicht so eng. In den Straßen und auf den Plätzen konnte er seiner Hochstimmung freien Lauf lassen. Nach Gesellschaft hatte er sich nicht gesehnt, schon gar nicht nach einem Mädchen. Es war sehr kalt, gestern abend, kälter noch als heute.

Roger schlenderte allein und zufrieden mit hochgeschlagenem Mantelkragen über die Straße, in südlicher Richtung. Er atmete die klare Winterluft tief ein, das tat sogar etwas weh, so kalt war es. Nach sieben oder acht Ecken fiel die Kälte plötzlich über seine Füße her. Er brauchte unbedingt einen warmen Raum, sonst konnte er für seine Zehen nicht mehr garantieren. Vor ihm lag eine Bar. Alkohol sagte ihm sonst nicht sehr zu. Zwei, drei Bier, das war alles. Aber jetzt war diese Kneipe die letzte Zuflucht, wenn ihm nichts erfrieren sollte.

An den Namen der Bar konnte Roger sich nicht mehr erinnern. Aber die Polizei würde ihn wissen wollen. Irgendwo an der Zwölften. Und draußen eine Neonreklame, grün.

Er flüchtete in die Bar und suchte sich einen Tisch an der Heizung, seinen Füßen zuliebe.

So lernte er Molly kennen.

Aber er hatte wirklich nichts dergleichen im Sinn gehabt. Ob man ihm das wohl abnahm? Nein, bestimmt nicht. Das zu erzählen, war überhaupt mit am schwierigsten. Zu berichten, wie das Mädchen plötzlich an den Tisch gekommen war, nachdem er einige Minuten gesessen hatte.

Das Mädchen stützte die Hände in die Hüften und sah ihn böse an.

»Was ist denn los?« fragte Roger erstaunt.

»Sie haben Nerven, Mister. Sie wissen genau, was los ist.«

»Ganz bestimmt nicht.«

»Sie sehen doch die Tasche da in der Ecke. Was glauben Sie wohl, was die da macht?«

»Welche Tasche? – Oh!«

»Ja, oh!«

»Tut mir leid. Ich hab' sie wirklich nicht gesehen.«

»So, aber jetzt.«

»Auf dem Tisch stand kein Glas und gar nichts. Und da dachte ich –«

»Weil ich noch nichts bestellt hatte. Ich war erst kurz draußen.«

»Oh.« Mehr fiel Roger nicht ein.

Sie hatte rotes Haar. Das war das einzig Attraktive an ihr und mußte nicht einmal echt sein. Jedenfalls hatte sie sich falsche Wimpern angeklebt und die Augenbrauen aufgemalt. Freigiebiges Hantieren mit dem Lippenstift sollte ihren Mund voller machen. Sie trug eine weiße Bluse zum schwarzen Rock. Unter der Seidenbluse hob sich ihre Brust hoch und spitz ab, so hoch und spitz, daß es verdächtig gut zu den falschen Wimpern und Augenbrauen paßte. Das Haar war hellrot, fast orange. Wie wohl die Flasche aussah, in der man solche Farbe kaufen konnte, dachte Roger. Alles in allem war sie wirklich keine begeisternde Vertreterin ihres Geschlechts, eher ein recht betrüblicher Anblick. Nicht einmal ihre Beine konnten sich sehen lassen. Da gab es wohl auch nichts nachzuhelfen.

»Es tut mir wirklich leid«, sagte Roger beschwichtigend. »Ich geh' mit meinem Bier an einen anderen Tisch.«

»Danke«, hieß die Antwort. »Das will ich auch hoffen.«

Sie blieb neben ihm stehen, die Hände immer noch auf den Hüften und wartete. Roger kam in Verlegenheit. Er hatte unterm Tisch seine Schuhe ausgezogen, um die Füße an der Heizung besser wärmen zu können. Nun mußte er die Schuhe erst wieder anziehen. Er machte sich umständlich am rechten zu schaffen, sie sah schweigend zu. Der linke war nicht zu finden, obwohl Roger auf allen Vieren unter den Tisch kroch. Als sie genug zugesehen hatte, hörte Roger von unten: »Um Himmels willen, geben Sie's auf. Dann werde eben ich mir einen anderen Tisch suchen. Geben Sie mir meine Tasche.«

»Es tut mir wirklich leid, aber –«

»Hören Sie doch mit dem Gerede auf, und geben Sie mir endlich die Tasche!«

»Ich habe meine Schuhe nur ausgezogen, weil –«

»Typisch Land. Denkt, er wär' zu Hause in der guten Stube. Zieht die Schuhe aus. Hier in einem öffentlichen Etablissement. Mister, Sie haben wirklich Nerven!«

»Es ist doch nur, weil meine Füße –«

»Hören Sie auf.«

»Hier ist Ihre Tasche.«

»Danke Ihnen. Wirklich, ergebensten Dank«, fauchte sie und stelzte fuchsteufelswild zu einem freien Tisch gegenüber. Er konnte dabei ihre Kehrseite studieren. Manche Frauen waren wirklich schlimm dran. Hatten weder ein hübsches Gesicht noch gut geformte Beine und sahen zu allem Überfluß von hinten wie ein Rollkutscher aus.

Mit solchen häßlichen Mädchen bekam er es unweigerlich stets zu tun. Immer abgrundhäßliche, soweit er zurückdenken konnte.

Sogar damals in der Volksschule, als sein Vater noch lebte. Da war Eunice McGregor. Wahrscheinlich das häßlichste Mädchen, das je in den Vereinigten Staaten das Licht erblickte. Ihre Mutter war allerdings auch nicht viel besser. Eunice hatte sich natürlich ausgerechnet in ihn verknallt. Sie liebte ihn, das bekam jeder zu hören. Wenn er sie nicht auf Kommando küssen wollte, drohte sie, ihm die Nase einzuschlagen. Sie war ein stämmiges Mädchen. Und so verflucht häßlich.

Das war in der Volksschule. Später, nach dem Tod seines

Vaters, änderte sich auch nichts. Im Gegenteil, die Mädchen wurden eher noch häßlicher. Er verstand gar nicht, warum gerade die so auf ihn flogen. Dabei war seine Mutter als junges Mädchen bildhübsch und sah jetzt noch sehr nett und zierlich aus, mit sechsundvierzig Jahren. Das lag wohl an den Knochen. Die änderten sich nicht mit dem Alter. Seine Mutter hatte ihn manchmal ausgelacht, wenn er wieder mit so einem Mädchen ankam. Einmal hatte sie ihn gefragt, ob er es denn darauf angelegt habe, alle häßlichen Entlein weit und breit aufzustöbern. Er hatte nichts geantwortet, er widersprach seiner Mutter überhaupt nicht gern.

Gegenüber machte es sich das Mädchen mit den roten Haaren bequem, sie schien immer noch wütend zu sein. Roger war bester Laune. Das Glücksgefühl von vorhin wurde wieder übermächtig. Er beobachtete das Mädchen am anderen Tisch beinahe zärtlich. Komisch, es machte ihm Spaß, wie sie ihren Ärger offensichtlich mit einer Reihe fraulicher Gesten zu verdecken suchte. Sie zog den Rock über die Knie, strich die Bluse glatt und ordnete eine Haarsträhne ein. Dann winkte sie dem Kellner, sehr würdevoll, geziert und immer noch ärgerlich. Roger konnte sich nur mühsam das Lachen verkneifen. Er fühlte sich immer wohler und zufriedener in seiner Haut. Seine Füße waren wieder warm. Die Mutter hatte ihn immer davor gewarnt, die Schuhe auszuziehen, wenn die Füße kalt waren. Wenn man es in den Schuhen aushält, bis die Füße wieder warm geworden sind, blieben sie auch warm, den ganzen Tag, sagte seine Mutter. Aber er hatte nie auf sie gehört, was seine Füße anging. Es waren schließlich seine Füße, und er mußte doch am besten wissen, wie die warm wurden.

Jetzt waren sie es. Und er hatte ein gutes Bier vor sich. Die Kneipe war angenehm stuffig. In der Ecke spielte die Musikbox eine träumerische Melodie. Nun konnte er in aller Behaglichkeit darüber nachdenken, wieviel Geld er heute verdient hatte. Im Augenblick ging es ihm wirklich gut.

Und eigenartig: der Rotschopf gegenüber, na schön: der falsche Rotschopf, der schien daran nicht ganz unschuldig zu sein.

Roger beobachtete das Mädchen genau. Als sie mit dem Kellner klargekommen war, stand sie auf und ging zur Musikbox. Niemand in der Kneipe schenkte ihr die geringste Aufmerksamkeit. Roger zählte etwa ein Dutzend Männer und nur vier Mädchen außer dem Rotschopf. Aber trotz des Frauenmangels machte ihr keiner den Hof.

Sie wußte, daß er sie beobachtete, vermied aber peinlich, auch nur einmal herüberzusehen. Er sollte denken, sie wäre immer noch böse wegen des Tisches.

Roger wußte, daß er mit dem Mädchen schlafen würde.

Der Gedanke regte ihn nicht weiter auf. Sie war ja schließlich nicht hübsch, nicht einmal nett. Er war sich nur klar, daß er mit ihr schlafen würde, das war alles. Bevor es Morgen war, würde sie mit ihm im Bett liegen.

Wie sollte er das alles nur der Polizei erklären.

Er konnte doch nicht einfach reingehen und auspacken. Und was würde seine Mutter denken, wenn sie – aber das spielte jetzt keine Rolle, das ganz bestimmt nicht. Einem wildfremden Polizeibeamten gegenübersitzen und dann über diese Geschichte sprechen zu müssen – verdammt schwierig. Über solche Dinge hatte er noch nie mit jemand gesprochen, nicht einmal mit seiner Mutter. Nein, mit der ganz bestimmt nicht, auch nicht mit Buddy, seinem Bruder. Wie konnte er einem fremden Detektiv von Molly erzählen?

Plötzlich kam ihm die Idee, wie ein Blitz, bums, aus heiterem Himmel.

Er wollte das telefonisch erledigen.

Dazu brauchte er nur eine Telefonzelle zu suchen. Dumm nur, daß die einzelnen Reviere nicht im Telefonbuch standen. Wenn er nur wüßte – Parker! Das war's. So hieß doch der Detektiv aus der Imbißstube. Parker, vom 87. Revier. Und »87« stand drüben auch auf den grünen Kugeln an der Tür.

Also war das Parkers Revier. Fein. Jetzt mußte er nur noch das Präsidium wählen und sagen, daß er Detektiv Parker vom 87. Revier versprochen hätte, anzurufen. Er wüßte die Nummer nicht mehr. Vielleicht konnten sie ihn direkt mit dem Revier verbinden. Wenn nicht, bekam er bestimmt die Nummer. Dann ging es ganz einfach. Er konnte anrufen und sich mit einem Detektiv verbinden lassen. Natürlich nicht mit Parker.

Erleichtert warf Roger einen letzten Blick auf das Gebäude. Dann machte er sich auf den Weg. Sein Ziel war der Drugstore, wo er vor einigen Stunden die Valentinskarten gekauft hatte.

5

Am Apparat meldete sich ein Sergeant. Er hörte sich Rogers Märchen von Detektiv Parker geduldig an. »Augenblick bitte.«

Roger wartete. Wahrscheinlich sah der Sergeant erst nach, ob es im 87. Revier überhaupt einen Detektiv Parker gab. Vielleicht war ihm das aber auch ganz wurscht. Er bekam wohl tausend solcher Anrufe am Tag.

»Hören Sie noch?« meldete sich die Stimme wieder.

»Ja?«

»Die Nummer ist Frederick 7-8024.«

»Frederick 7-8024«, wiederholte Roger. »Danke sehr.«

»Keine Ursache«, brummelte der Sergeant und legte auf.

Roger suchte in seinen Taschen nach einem zweiten Zehncentstück, fand schließlich eins und steckte es in den Schlitz. Sobald er das Amtszeichen hörte, machte er sich ans Wählen.

FR 7-

Hastig hängte er den Hörer wieder ein.

Was sollte er denn eigentlich sagen? Etwa: Hallo, mein Name ist Roger Broome. Ich muß Ihnen etwas über das

Mädchen Molly berichten. Wir lernten uns in einer Kneipe kennen und dann...

»Was?« würden die fragen.

»Wer? Was, zum Teufel, faseln Sie da eigentlich?« hieß es bestimmt.

Roger blieb reglos in der Telefonzelle sitzen und starrte den Apparat an. Nach vielleicht drei Minuten holte er sich sein Zehncentstück aus dem Rückgabefach. Es war ihm, als sei seine Hand aus Blei. Aber er ließ sich nicht beirren und steckte die Münze abermals in den Spalt. Unerbittlich tönte das Amtszeichen. Ganz langsam und vorsichtig begann Roger wieder mit dem Wählen.

FR 7-,

8, 0,

2, 4.

Er wartete, halb ängstlich, halb gespannt. Am anderen Ende monotones Läuten. Es klang sehr weit weg. Dabei waren es doch nur ein paar Ecken. Immer noch keine Antwort. Hatten wohl gerade viel zu tun. Sieben-, acht-, neunmal läutete es nun schon.

»87. Polizeirevier, Sergeant Murchison.«

»Oh. Ist dort die Polizei?« vergewisserte sich Roger.

»Jawohl, Sir.«

»Ich hätte gern mit einem Kriminalbeamten gesprochen.«

»In welcher Angelegenheit, Sir?«

»Na ja, äh, ich wollte... melden, äh...«

»Handelt es sich um ein Verbrechen, Sir?«

Roger zauderte. Er nahm den Hörer vom Ohr und sah ihn angestrengt an, als suche er da die Erleuchtung. Dann hängte er vorsichtig ein. Gerade war die Stimme wieder da. »Handelt es sich um ein –«, klick.

Nein, dachte Roger. Nein und noch mal nein.

Ich werde denen überhaupt nichts erzählen.

Ich mache jetzt, daß ich aus dieser Stadt rauskomme, so weit weg wie nur möglich von allen Telefonen. Ich will einfach nicht mit der Polizei sprechen. Basta. Verdammt noch mal.

Energisch stieß er die Tür der Telefonzelle auf und lief quer durch den Drugstore. Das Mischlingsmädchen Amelia saß immer noch an der Kasse. Sie lächelte, als Roger auf sie zukam.

»Na, wieder da? Hab' Sie gar nicht reinkommen sehn.«

»Ja«, grinste Roger. »Wie ein Bumerang.«

»Die Karten abgeschickt?«

»Klar.«

»Haben Sie Ihren Freund getroffen? An der Polizeistation?«

»Nein.«

»Warum nicht?«

»Schlechter Treffpunkt. Polizei und meine Freunde, das paßt nicht zusammen.«

»Witzbold.« Amelia mußte lachen.

»Wann machen Sie hier Schluß?« fragte Roger plötzlich.

»Was?«

»Wann Sie hier Schluß machen, hab' ich gefragt.«

»Warum?«

»Weil ich raus will aus der Stadt.«

»Was meinen Sie damit?«

»Weg. Raus.«

»Nach Hause?«

»Nein. Nicht nach Hause. Das ist doch genau dasselbe, verstehen Sie nicht? Dieselbe verdammte, alte Hutschachtel. Die Stadt ist eine große Hutschachtel. Carey ist eine kleine Hutschachtel. Aber das bleibt sich ganz gleich. Stimmt's?«

»Ich weiß nicht«, meinte Amelia, lächelte aber.

»Ziehen Sie Ihren Kittel aus«, sagte Roger langsam und eindringlich. »Hängen Sie ihn da drüben an den Haken. Sie wissen doch, welchen Haken ich meine.«

»Ja, schon.«

»Dann gehen Sie zu Ihrem Boss und sagen, Sie hätten verdammtes Kopfweh.«

»Ich hab' aber kein Kopfweh.«

»Doch, Sie haben. Und zwar so schlimm, daß Sie heute nicht mehr arbeiten können.«

Amelia sah ihm fest in die Augen. »Warum das alles?« fragte sie.

»Weil wir aus der Stadt verschwinden.«

»Wohin denn?«

»Weiß ich noch nicht.«

»Und wenn wir aus der Stadt sind?«

»Dann sehen wir weiter. Wichtig ist erst mal nur, daß wir rauskommen. Und zwar schnell. Kapiert?«

»Ist die Polente hinter Ihnen her?«

»Nein.« Roger grinste. »Toi, toi, toi! Die Polente ist nicht hinter mir her. Ganz bestimmt nicht. Nun zur Sache. Werden Sie jetzt endlich den Kittel ausziehen und Kopfweh bekommen?«

»Ich weiß nicht recht.« Amelia zögerte.

»Wann entschließen Sie sich denn nun mal?«

»Sobald Sie mir sagen, was Sie überhaupt mit mir wollen.«

»Mit Ihnen? Wer will denn überhaupt was mit Ihnen?«

»Jeder will was mit mir. Das geht einem so, wenn man eine Farbige ist.«

»Ich will gar nichts«, sagte Roger.

»Wirklich nicht?«

»Nein.«

Amelia sah ihn forschend an. »Ich weiß überhaupt nicht mehr, was ich von Ihnen halten soll«, meinte sie unentschlossen.

»Den Kittel«, drängte er.

»Mmm.«

»An den Haken.«

»Mmm.«

»Kopfweh.«

»Mmm.«

»Arbeiten unmöglich.«

»Mmm.«

»Wir treffen uns draußen. In fünf Minuten, an der Ecke.«

»Und wozu das alles?« machte sie einen letzten Versuch.

»Wir werden uns schon amüsieren«, meinte Roger, drehte auf dem Absatz um und marschierte aus dem Laden.

Sie kam weder in fünf noch in zehn Minuten. Nach einer Viertelstunde war ihm klar, daß sie überhaupt nicht mehr kommen würde. Er spähte kurz durch die Schaufensterscheibe. Da saß Amelia immer noch an der Kasse und machte überhaupt keine Anstalten, ihren Kittel auszuziehen und dem Boss was von Kopfschmerzen vorzuflunkern. Auch gut. Sollte sie bleiben, wo sie war.

Roger trottete los. Eigentlich gemein. Das Mädchen war wirklich Klasse. Er hatte noch nie in seinem Leben mit einer Negerin zu tun gehabt. Wäre bestimmt lustig geworden.

Jetzt, da Roger sich entschieden hatte, nicht zur Polizei zu gehen, hätte eigentlich nichts mehr gegen seine Heimreise gesprochen. Aber er kam nicht einmal auf diese Idee. Die Stadt, Carey, die Bank im Park, das war doch alles dasselbe. Das hatte er ja auch Amelia erklären wollen. Alles Hutschachteln. Das Polizeirevier eine kleine Hutschachtel, Carey eine etwas größere und die Stadt ein Riesending von Hutschachtel. Aber alles dasselbe. Deckel drauf, bums, und man saß fest. Wie im Gefängnis.

Nein. Er wollte einmal nicht in der Hutschachtel sitzen. Einmal frei sein und sich nach Herzenslust amüsieren. Genau das hatte er auch Molly auseinandersetzen wollen, letzte Nacht. Sie hatten gerade von Einsamkeit und ähnlichen Sachen geredet. Aber dann mußte Molly unbedingt von diesem Mann in Sacramento anfangen.

Daß er auch nie ein Mädchen erobern konnte, das wirklich hübsch war. Zu dumm. Auch Molly hatte eigentlich verdammt häßlich ausgesehen. Jedenfalls bis zwei Uhr morgens. So spät war es wohl gewesen. Na, Schwamm drüber. Aber das Mädchen im Drugstore, diese kleine Farbige, die war schon sehr hübsch. Darum hatte sie ihn auch versetzt. Das hätte er gleich wissen können. Ihm lief kein hübsches Mädchen nach.

Wahrscheinlich war es diesmal auch ganz gut so. Roger tippte sich an die Stirn. Wenn er nun jemand aus Carey begegnet wäre? Arm in Arm mit einer Negerin? Verflixte Sache. Auch wenn sie eine halbe Spanierin war. Seine Mutter hätte Wind bekommen, und das wäre doch verdammt unangenehm. Nicht daß er sich viel daraus machte, was seine Mutter sagte. Sonst wäre er ja schließlich marsch nach Hause gefahren, statt sich hier noch herumzutreiben.

Immerhin hatte ihn Amelias Treulosigkeit aus dem Konzept geworfen. Was sollte er jetzt anstellen? Zwar hatte er auch vorher keinen richtigen Plan gehabt. Aber mit ihr wäre er schließlich nicht so allein gewesen, hätte rumalbern und ein bißchen angeben können. Irgendwas wäre ihm schon eingefallen, ganz bestimmt. Vielleicht hätte er sie in ein Kino mit Varietéprogramm eingeladen. In so einem Kino hatte er sich auch die Zeit vertrieben, als er das letzte Mal in der Stadt war.

»Halloo!« rief es hinter ihm. »Nun warten Sie doch!«

Das war doch Amelias Stimme, dachte Roger erstaunt. Er blieb stehen und drehte sich um. Das Mädchen kam ganz außer Atem angerannt. »Mensch, laufen Sie aber schnell!«

Amelia trug jetzt einen hellblauen Mantel, den Kragen hochgeschlagen, und ein knallblaues Kopftuch.

»Ich hab' nicht gedacht, daß Sie noch kommen.«

»Der Boss mußte erst Ersatz bestellen. Das hat ein paar Minuten gedauert.«

»Na, jedenfalls sind Sie jetzt da. Das ist fein«, meinte Roger.

»Ich weiß gar nicht, ob das so fein ist«, lachte Amelia. Sie hatte ein glattes Gesicht, ohne jede Falte. Die Haut war braun, ein warmes Braun, die Augen eine Schattierung dunkler. Unter dem blauen Kopftuch schimmerte nachtschwarzes

Haar hervor. Wenn sie lachte, lugte vorn ein schiefer Zahn heraus. Manchmal hob sie verschämt die Hand und verdeckte den Zahn, aber meist vergaß sie es. Ihre Beine waren makellos. Sie lief in dunkelblauen Pumps mit niedrigen Absätzen.

Amelia rang immer noch nach Atem, aber sie hielt Schritt, als Roger auf die andere Straßenseite zusteuerte. Impulsiv griff sie nach seinem Arm. »Wenn schon, denn schon.«

»Wie bitte?«

»Na, wenn ich mit Ihnen gehe, dann auch richtig. Dann kann ich mich auch bei Ihnen einhaken, wie ich es bei einem von meiner Sorte tun würde.«

»Stimmt«, sagte Roger.

»Ich bin noch nie mit einem weißen Mann ausgegangen.«

»Ich auch nicht«, sagte Roger und mußte lachen. »Mit einem farbigen Mädchen, meine ich natürlich.«

»Das freut mich«, meinte Amelia.

»Warum?«

»Na ja. Sie hätten ja auch einer von denen sein können, die nur so zum Spaß auf alle Negerinnen Jagd machen. Wäre schade gewesen.«

»In Carey gibt es überhaupt keine Negerin«, festigte Roger seine Stellung.

»Pech«, erwiderte Amelia. »Womit macht ihr dann eure Rassenkrawalle?«

»Und du, jagst du jeden Tag fremde Männer durch die Straßen?« fragte er das Mädchen.

»Klar, was denkst du denn. Und bringst du jeden Tag fremde Mädchen dazu, ihren Kittel an die Wand zu hängen und plötzlich krank zu werden und dann –«

»Kopfweh ist doch nicht krank«, stellte Roger richtig.

»– und mit dir dann auf der Straße zu verschwinden?«

»Hokuspokus, in Luft aufgelöst. Mandrake, der Zauberer«, deklamierte Roger stolz.

»Also ein Zauberer bist du, so, so.«

»Ja.« Roger strahlte.

»Bist du denn arm?«
»Ganz arm.«
»Wirklich?«
»Na, hören Sie mal, Mister. Denken Sie, ich würde mit so was Spaß machen? Ich bin ganz bestimmt die Ärmste der Armen.«
»Und ich bin sehr reich.«
»Fein. Ich wußte doch, daß mich eines Tages ein weißer Millionär erlösen kommt«, freute sich Amelia.
»Das bin ich«, protzte Roger.
»Mandrake, der Zauberer.«
»Kommst in Drugstores und verzauberst arme, kleine Negerinnen.«
»Tja«, sagte Roger. »Gestern hab' ich hundertzweiundzwanzig Dollar verdient. Was sagst du nun?«
»Eine ganz hübsche Menge Geld.«
»Heute sind aber nur noch fünfzehn Dollar übrig, na, vielleicht sechzehn.«
»Wie gewonnen, so zerronnen«, dozierte Amelia spöttisch.
»Ha, von wegen«, triumphierte Roger. »Hundert hab' ich an meine Mutter geschickt.«
»Ach, da oben in Gulchwater, stimmt's?«
»Da oben in Carey.«
»In der Nähe von Huddlesworth.«
»Huddleston.«
»Wo alle Leute rodeln.«
»Skilaufen.«
»Na, siehste. Ich wußte's doch.«
Roger mußte lachen. »Wie dem auch sei, ich hab' ihr einen Hunderter raufgeschickt, vier Dollar mußte ich für das Zimmer ausgeben, und dann habe ich noch die Karten und die Briefmarken gekauft. Ach ja, und der Kaffee und die Schokolade für Ralph. Hab' ich auch bezahlt.«
»Ralph?«
»Ich lernte ihn zufällig kennen. Er ist rauschgiftsüchtig.«

»Du machst mir ja nette Bekanntschaften.«

»Ja«, erwiderte Roger ernsthaft. »Er ist wirklich ein netter Kerl.«

»Meine Mutter hat jedem von uns gedroht, sie würde uns zu Krüppeln schlagen, wenn wir jemals Rauschgift anrührten. Das sagt sie nicht nur so dahin«, erklärte Amelia. »Sie ist dürr, aber aus Eisen. Und sie hätte uns lieber tot als voller Koks.«

»Ist das Zeug denn so leicht zu bekommen?« fragte Roger.

»Ja, wenn du genug Geld hast. Für Geld kannst du in dieser Stadt alles haben, was du willst.«

»Das hat Ralph auch gesagt.«

»Kluges Kind, dein Ralph.«

»Also, mal sehn, was noch übrig ist«, meinte Roger und kramte ein kleines Bündel Geldscheine aus der Tasche. Dann suchte er nach dem Kleingeld und rechnete. »Vierzehn Dollar und zweiundsiebzig Cents«, verkündete er schließlich.

»Wußte ich's doch, ein Millionär.«

»Genau. Was würdest du denn gern unternehmen?«

»Ich weiß nicht recht«, zögerte Amelia. »Zeig mir doch die Stadt, deine Stadt.«

»Meine Stadt? Das ist doch nicht meine Stadt, Amelia.«

»Ich meine, die Stadt der Weißen.«

»Wie sollte ich die von eurer Stadt unterscheiden können? Ich bin doch ganz fremd hier.«

»Und verabredest dich mit einem Freund ausgerechnet am Polizeirevier?« bemerkte sie plötzlich.

»Ja, warum nicht?« Roger musterte sie mißtrauisch.

»Wie kann man sich an einem solchen Ort verabreden«, meinte Amelia. »Und nun mal raus mit der Sprache. Wo wollen wir jetzt hin? Rechts, links, Norden, Süden?«

»Ich hab' schon eine Idee.«

»Und die wäre?«

»Es gibt einen Ort, da wollte ich immer schon hin. Als ich zehn war, nahm mich meine Mutter das erstemal mit in die

Stadt. Wir wollten damals schon hingehen, aber dann regnete es in Strömen. Komm«, sagte er und nahm ihre Hand.

»Wohin?«

»Komm nur mit.«

Die Riesenräder standen gespensterhaft still. Die Schienen der Berg- und Talbahnen malten bizarre Muster in den unfreundlichen Winterhimmel. Es war, als hätte die Kälte die rumpelnden Wagen eingefroren und die jauchzenden Kinderhorden zum Schweigen gebracht. Die Buden entlang der Promenade waren mit Brettern verrammelt. Der Wind heulte vom Ozean herein und peitschte Sand in schweren Stößen hoch. Er fauchte durch das Promenadengeländer und warf sich mit verbissener Wucht gegen die schon halb verwitterten Planken. Zeitungen vom letzten Sommer, vergilbt und durchnäßt, wirbelten hoch durch die Luft und verfingen sich in den Minaretts eines hölzernen Vergnügungspalastes mit dem Schild TAUSEND UND EINE NACHT. Die Promenade war leer. Nur ein alter Mann stand reglos am äußersten Ende und starrte auf das Meer. Sonst nichts. Kein Anreißer, der mit schriller Stimme seine Attraktionen pries, keine heißen Würstchen oder Stände mit bruzzelnder Pizza. Nichts, nur das Heulen des Windes und das Rauschen des Ozeans.

»Bist du hier noch nie gewesen?« fragte Amelia.

»Nein.«

»Da hast du dir aber gerade die richtige Zeit ausgesucht.«

»Ist ja fast wie ein Spuk«, gab Roger zu. Er mußte plötzlich wieder an Molly denken, und an die vergangene Nacht...

»Wie am Ende der Welt«, meinte Amelia nachdenklich. Sie erschrak, als Roger eine impulsive Bewegung machte. »Was gibt's?«

»Genau dasselbe hab' ich auch gerade gedacht. Wir beide am Ende der Welt.«

»Wir drei.«

»Was? Ach so, der alte Mann da hinten.«

»Das ist kein alter Mann, das ist eine Dueña.«

»Was heißt das denn?«

»Dueña? Das ist spanisch und heißt Anstandsdame. Wenn in Spanien ein Mädchen mit einem jungen Mann ausgeht, muß sie eine Dueña mitnehmen, meist eine Tante oder irgendeine andere Verwandte. Das hat mir mein Vater erzählt. Du weißt ja, er ist Spanier. Spanier, und nicht etwa Portorikaner.«

»Wo liegt da der Unterschied?«

»Na, weißt du, in dieser Stadt ist das aber ein dicker Unterschied. Farbig zu sein ist hier schon schlimm genug. Aber noch viel schlechter sind die Portorikaner dran.«

»Wie kommt das?«

»Ich weiß auch nicht recht«, meinte Amelia mit gerunzelter Stirn. »Wahrscheinlich ist es gerade mal Mode, auf den Portorikanern rumzuhacken.«

Beide lachten.

»Mein Vater heißt Juan. Juan Perez. Wir ziehen ihn immer damit auf und fragen ihn, wie es denn seinen Kaffeebohnen geht. Du kennst doch bestimmt die komische Kaffeereklame im Fernsehen. Da heißt der Mann eigentlich Juan Valdez, nicht Perez, aber das ist ja fast dasselbe. Und mein Vater mag gern, wenn wir so mit ihm rumalbern. Er ist ein richtiger, echter Spanier. Aus Brihuega. Das ist ein kleiner Ort bei Madrid. Hast du schon mal von Brihuega gehört?«

»Natürlich, in der Nähe von Huddlesworth.«

»Madrid«, sagte Amelia entrüstet.

»Wo sie immer diese Kamelkämpfe veranstalten.«

»Stierkämpfe.«

»Wußte ich's doch«, meinte Roger befriedigt, und jetzt mußte Amelia lachen.

»Wenn wir schon mal hier sind, müssen wir auch was anfangen. Aber was?« fragte Roger betrübt.

Amelia zuckte ein wenig hilflos die Schultern. »Wir könnten immer noch schmusen«, fiel ihr ein.

»Hast du dazu Lust?«

»Eigentlich nicht, ist noch etwas früh am Tag.« Und nach einigem Zögern: »Allerdings muß ich zugeben, daß...«

»Na, was?«

»...daß ich schon neugierig bin, was für ein Gefühl das ist, wenn man einen weißen Mann küßt.«

»Ich auch.«

»Eine Farbige, meinst du.«

»Ja.«

»Aha.«

Beide wußten nichts mehr zu sagen. Der Wind preßte ihre Mäntel gegen die Körper, als sie sich über das Geländer beugten und auf den Ozean hinausblickten. Am Ende der Promenade stand der alte Mann immer noch reglos wie eine Salzsäule, die vom Winter überrascht worden war.

»Glaubst du, der alte Mann nimmt daran Anstoß?« fragte Amelia.

»Kaum.«

»Also dann...«

»Ja...«

»Also los.«

Sie drehte ihm ihr Gesicht zu, und er nahm sie in die Arme, beugte sich runter und küßte ihren Mund, sehr sachte und vorsichtig. Und wieder kam ihm der Gedanke an Molly. Er machte sich von Amelia los und trat einen Schritt zurück. Sie seufzte einmal und lächelte ihn an. Ihre Augen schimmerten gehcimnisvoll. »Mir gefällt's.«

»Mir auch«, gestand Roger ein.

»Ob der alte Mann was dagegen hat, wenn wir's noch mal versuchen?«

»Bestimmt nicht«, meinte Roger.

Er küßte ihre feuchten, vollen Lippen. Dann trat er wieder einen Schritt zurück und betrachtete das Mädchen. Sie sah ihn aus ihren dunkelbraunen Augen ernst und fragend an.

»Ganz schön verrückt«, flüsterte sie.

»Ja.«

»Hier auf der kalten Promenade mitten im Wind.«

»Stimmt.«

»Und der alte Mann sieht uns zu.«

»Das tut er doch gar nicht«, beschwichtigte Roger.

»Hier, am Ende der Welt«, sinnierte Amelia. Und plötzlich fiel ihr ein: »Ich weiß nicht mal, wer du eigentlich bist.«

»Ich heiße Roger Broome, das hab' ich dir doch schon gesagt.«

»Ja. Aber wer ist Roger Broome?«

»Was willst du denn von mir wissen?«

»Wie alt bist du?«

»Siebenundzwanzig.«

»Ich bin zweiundzwanzig.« Sie überlegte. »Wie soll ich eigentlich wissen, ob ...« Sie schüttelte den Kopf.

»Ob was?«

»Ob du nicht ... ob mit dir nicht ... na ja, schließlich hast du als erstes nach dem Polizeirevier gefragt.«

»Stimmt.«

»Du wolltest dort einen Freund treffen, hast du gesagt. Aber dann kamst du wieder zum Drugstore und hattest ihn verfehlt. Wie soll ich also wissen, ob mit dir alles richtig ist? Hast du vielleicht doch Ärger? Schwierigkeiten mit der Polizei?«

»Sehe ich so aus?«

»Ich weiß nicht, wie ein weißer Mann aussieht, der Ärger hat. Wir Neger haben eigentlich immer Ärger, von Geburt an, wenn man's genaunimmt. Aber mit den Weißen kenne ich mich da nicht aus. Ihre Augen sind anders als unsere. Wie soll ich da wissen, ob sie Ärger haben?«

»Sieh mir doch in die Augen.«

»Ja, und?«

»Was siehst du da?«

»Deine Augen sind grün. Nein, bernsteinfarben. Nein, auch nicht. Wie sind sie nun eigentlich? Nußbraun?«

»Ja, nußbraun. Das hab' ich von meiner Mutter. Was siehst du sonst noch in meinen Augen?«

»Kleine, gelbe Flecke.«

»Und sonst?«

»Mich selbst. Wie in einem kleinen Zerrspiegel.«

»Kannst du irgendwelchen Ärger in meinen Augen entdecken?«

»Nein. Eigentlich nicht. Daß heißt, wenn ich nicht selbst dein Ärger bin.« Amelia stockte. »Bin ich das, Roger?« fragte sie dann offen.

Roger mußte wieder an Molly denken. »Nein«, sagte er ohne Zögern.

»Das kam beinahe zu schnell.«

»Sieh mich doch nicht so an.« Ihr Blick wurde ihm unangenehm.

»Wie sehe ich dich denn an?«

»Als ob du plötzlich Angst vor mir hättest.«

»Quatsch. Warum sollte ich schon Angst vor dir haben?«

»Gibt auch keinen Grund –«

»Ich bin immerhin einen Meter zweiundsechzig groß und wiege hundertundsechs Pfund. Und du bist nur zwei Meter –«

»Einsfünfundneunzig«, stellte Roger richtig.

»Klar, und wiegst nicht mehr als hundertneunzig Pfund und könntest mich ohne weiteres mitten durchbrechen, gerade –«

»Hundertzweiundneunzig Pfund.«

»– gerade, als wäre ich ein Strohhalm. Und wir beide sind hier ganz allein auf der gottverlassenen Promenade –«

»Immerhin ist noch der alte Mann da.«

»– mitten am Ende der Welt. Vor uns der Ozean, hinter uns die leeren Buden. Warum sollte ich mich da schon fürchten? Wer hat hier überhaupt Angst?«

»Hast ja recht«, meinte Roger und grinste.

»Nicht wahr? Du könntest mich hier erwürgen oder ersäufen oder totprügeln. Und die nächsten zehn Jahre würde das niemand erfahren.«

»Wenn überhaupt jemals«, überlegte Roger laut.

»Eben.«

»Vergiß den alten Mann nicht.«

»Ach ja, der alte Mann. Ein schöner Leibwächter. Wahrscheinlich mindestens zur Hälfte blind. Ob er überhaupt noch lebt? Er hat sich noch nicht ein einziges Mal gerührt, solange wir hier sind.«

»Sollen wir lieber gehen?«

»Ja«, meinte Amelia erleichtert, fügte aber schnell hinzu: »Nicht etwa, weil ich Angst vor dir hätte. Aber ich friere so scheußlich.«

»Wo wollen wir denn jetzt hin?«

»Am besten wieder in die Stadt.«

»Und wohin da?«

»Hast du noch dein Zimmer?«

»Ja.«

»Meinetwegen können wir da hingehen. Da ist es wenigstens nicht so kalt.«

»Kann schon sein«, meinte Roger.

Sie liefen die Promenade entlang und ließen den Rummelplatz hinter sich. Amelia hakte sich wieder bei Roger ein und legte den Kopf an seine Schulter. Er fühlte den leichten Druck ihrer Finger auf seinem Arm und mußte darüber nachdenken, wie es wohl kam, daß er endlich einmal ein hübsches Mädchen erwischt hatte, ein außergewöhnlich hübsches sogar. Schade nur, daß sie eine Negerin war. Das störte ihn doch etwas. So ein Pech, dachte er bei sich. So ein Pech, das erste hübsche Mädchen meines Lebens, und dann eine Negerin. Molly hatte er zwar auch hübsch gefunden, letzte Nacht, aber erst nach langer Zeit. Komisch eigentlich, zuerst war sie so häßlich gewesen und plötzlich hübsch. Aber diese Negerin hier, die war eine Schönheit, und das von Anfang an. Schöne Augen, verführerisches Lächeln, tadellose Brust und

Beine. Und so was hakte sich bei ihm ein und legte ihm den Kopf an die Schultern. Und war ausgerechnet eine Schwarze. Na, schwarz eigentlich auch wieder nicht, mehr ein freundliches, warmes Braun. Aber trotzdem eine Farbige. Roger, bleib fest. Du darfst dich auf keinen Fall Hals über Kopf in eine Negerin verlieben.

»Hör mal«, sagte er laut.

»Ja?«

»Ich glaube, wir fahren jetzt lieber zurück. Vielleicht kannst du wieder in den Drugstore.«

»Was?« fragte Amelia erstaunt.

»Meiner Meinung solltest du nicht auch noch heute nachmittag schwänzen.«

»Wie bitte?« Sie glaubte, nicht richtig gehört zu haben.

»Und ich kann dich ja, weißt du, äh, vielleicht, naja, dann später wieder abholen. Wir könnten doch zusammen abendessen. Wär' dir das recht?«

Amelia blieb wie angewurzelt auf der Promenade stehen. Der Wind zauste an ihrem Kopftuch. Sie blickte ihn trotzig an und etwas traurig. Mit den Händen umklammerte sie ihre kleine Handtasche. Sie stand ganz still, beinahe erstarrt. Nur in ihre Augen stahl sich langsam Zorn.

»Was redest du für einen Blödsinn?« fragte sie schließlich. »Ich hab' doch meinem Boss was von schlimmen Kopfschmerzen vorgelogen. Jetzt kann ich nicht einfach wieder hereinspazieren.«

»Wir können uns doch später treffen.«

Sie stieß wütend die Luft aus und starrte ihn einige Sekunden böse an. »Was, zum Teufel, ist plötzlich in dich gefahren?«

»Gar nichts.«

»Vor zwei Minuten hast du mich noch geküßt, als ob –«

»Ich hab' doch nur jemand versprochen –«

»Also hat es dir nicht gefallen. Küsse ich etwa nicht richtig?«

»Du küßt sehr gut.«

»Was dann? Hast du am Ende Angst, mit einer Negerin gesehen zu werden? Du magst mich wohl nicht auf dein Zimmer nehmen.«

»Ach wo, das macht mir gar nichts aus.«

»Weißt du, wir können jederzeit auch zu mir gehen. Da sind wir unter lauter Negern. Ratten rennen da auch rum, und die Rohre tröpfeln und –«

»Wo ich wohne, gibt es auch Ratten.«

»Es könnte allerdings sein, daß meine Mutter Krach schlägt. Ich meine, wenn ich einen Weißen mit nach Hause bringe. Sie würde wahrscheinlich das alte Lied runterleiern. Das hat sie getan, seit ich ein winziges Gör war: ›Mein Honigkind, hüte dich vor dem weißen Mann. Er ist immer nur auf eins aus. Er will dir deine Jungfräulichkeit rauben.‹«

»Aber Amelia, hör doch –«

»Damit liegt mir meine Mutter heute noch jeden zweiten Tag in den Ohren. Nur leider hat sie keine Ahnung, daß man ihrem kleinen Liebling Amelia die Jungfräulichkeit schon vor zehn Jahren geraubt hat. Ihr süßer Goldschatz war gerade zwölf, und es passierte oben auf einem Dach, mitten im Sommer. Und der Räuber, das war kein weißer Mann, nicht mal ein weißer Jüngling, und nicht mal einer allein. Sechs Mitglieder einer Straßenbande, ›persische Lords‹ nannten sie sich. Die größten und schwärzesten Nigger, die du dir nur denken kannst.« Amelia schwieg. Verbittert setzte sie dann hinzu: »Meine Dueña machte wahrscheinlich gerade Urlaub. Am Strand, mit lauter feinen Leuten. Was ist nur mit dir los, Roger?«

»Nichts.«

»Bist du etwa linksgestrickt?«

»Was heißt das?«

»Ein Homo? Schwul?«

»Nein.«

»Warum willst du mich dann plötzlich los sein?«

»Ich will dich später ja wiedertreffen«, beschwichtigte Roger. »Es ist doch nur wegen meinem Freund. Ich hab' dir doch schon von ihm erzählt.«

»Ja und?«

»Den muß ich jetzt wirklich dringend sprechen.«

»Der leistet dir ja gute Dienste, dieser Freund.«

»Es gibt ihn bestimmt. Ich hab' was ganz Dringendes mit ihm zu bereden.«

Amelia seufzte.

»Ich muß wirklich. Laß uns gehen«, drängte Roger.

»Ich gebe dir meine Telefonnummer. Die von zu Hause. In den Drugstore kann ich jetzt doch nicht mehr gehen«, meinte Amelia resigniert.

»Gut.«

»Rufst du mich auch wirklich an?«

»Ja doch, ich glaube bestimmt.«

»Warum glaubst du das nur?«

»Weil ich... hör mal, Amelia, du darfst mich nicht drängen. Das kann ich nicht vertragen.«

»Entschuldige bitte.«

»Ich will wirklich versuchen, dich anzurufen, und dann essen wir zusammen.«

»Ja.«

Auf der Rückfahrt sprachen beide kaum ein Wort. Sie saßen nebeneinander, und ab und zu schaute ihn Amelia prüfend an. Aber er war in Gedanken wieder mit Molly beschäftigt. Er wußte jetzt, was er tun mußte. Wie dumm, daß er davor hatte weglaufen wollen.

Er mußte sofort zur Polizei gehen.

Roger verabschiedete sich von Amelia an der Ecke vor ihrer Wohnung. Es war fast zwölf Uhr mittags. Der Wind fegte durch die enge Straße. Amelia zog den Kopf ein und hielt den Kragen hoch.

»Ruf mich an«, sagte sie.

»Will mein Bestes tun.«

»Ich warte auf dich.« Im Flüsterton fügte Amelia hinzu: »Ich mag es, wenn du mich küßt, weißer Mann.« Dann lief sie die Straße hinunter und war plötzlich in einem Hauseingang verschwunden.

Roger hatte ihr nachgesehen. Als sie weg war, drehte er sich entschlossen um und machte sich auf den Weg zum Revier.

6

Am Himmel hatten sich dichte Wolken zusammengezogen. Die ersten Schneeflocken schwebten herab. Sie waren groß, flauschig und zergingen, sobald sie den Grund berührten. Überall sammelten sich jetzt kleine Rinnsale, auf dem Asphalt der Straßen, auf den Dächern der parkenden Autos und auf den Mülltonnen neben den Hauseingängen. Nur im Park, auf der Steinmauer, den Wegen und hügeligen Wiesen bildeten sich erste weiße Flecken. Roger lief die Mauer entlang und sah zum Polizeirevier hinüber. Der Schnee auf den Steinen war bläßlich weiß, noch sehr dünn und fast durchsichtig.

Roger holte einmal tief Luft, streckte die Brust wagemutig raus und marschierte über die Straße.

Er stieg die Stufen vor dem Eingang hinauf. Eins, zwei, drei, vier, fünf, sechs, sieben.

Oben gab es zwei Türen. Er versuchte es zuerst mit der linken, aber die war abgeschlossen. Aber die andere Tür war offen. Roger kam in einen großen Raum. Linker Hand waren vergitterte Fenster, eins hinter dem anderen, auf der ganzen Länge. Parallel dazu zog sich ein Holzpult durch den Raum, schwer und massiv wie die Geschworenenbank im Gericht. Auf dem Pult stand ein handgeschriebenes Schild und verkündete in unbeholfenen, schwarzen Buchstaben: HIER ANMELDUNG FÜR ALLE BESUCHER. Hinter dem Pult saßen zwei Polizisten. Einer war ein Sergeant, nach den Streifen an seiner Uniform zu schließen. Der andere trug Kopfhörer und saß an einer Schalttafel. Gut einen Meter vor dem langen Holzpult stand auf der Besucherseite ein Geländer aus schweren Bleirohren, die fest im Boden verschraubt waren. An der Längswand auf dieser Seite hing eine elektrische Uhr. Die Zeiger standen auf Viertel nach zwölf. Darunter waren rechts und links der zischenden Dampfheizung zwei Holzbänke aufgestellt. Schließlich gab es auf dieser Seite noch eine eisenbeschlagene Treppe, die in das obere Stockwerk führte. Daneben ein kleines, im Lauf der Zeit schmuddelig gewordenes Schild mit der Aufschrift ZUR KRIMINALABTEILUNG. Die Wände des großen Raums waren grün gestrichen und sehr schmutzig.

Vor dem Pult standen zwei Männer. Bei näherem Hinsehen entdeckte Roger, daß beide mit Handschellen an das Geländer gefesselt waren. Ein Streifenbeamter stand neben ihnen. Der Sergeant führte von seinem Platz aus das Verhör. Roger setzte sich auf eine Holzbank und hörte aufmerksam zu.

»Wann hast du die beiden aufgegabelt?« wollte der Sergeant vom Streifenbeamten wissen.

»Sie kamen gerade aus dem Haus.«

»Aus welchem Haus, genau?«

»Ainsley, Nummer 1120.«

»Wo liegt das? Zwölfte Straße, Dreizehnte?«

»An der Dreizehnten.«

»Wem gehört die Bude?«

»Einer gewissen Abigail Frocks. Die hat da oben ein Kleiderlager. Im Dachgeschoß«, erläuterte der Streifenpolizist. »Soviel ich weiß, wird das Dachgeschoß nur als Lager gebraucht. Da ist fast nie jemand, nur wenn neue Sendungen kommen oder was abgeholt wird.«

»Also nur ein Lager.«

»Ja.«

»Haben die auch einen Laden?«

»Ja.«

»In unserem Revier?«

»Ja, in der Culver Avenue. Der Laden ist ziemlich klein.«

»So, so. Ein Laden und ein Lager.« Der Sergeant wandte sich plötzlich an die Festgenommenen. »Nun mal raus mit der Sprache, was hattet ihr da verloren?«

»Wir waren nur hinter unseren Tauben her«, verteidigte sich der eine. Er schien etwa fünfundzwanzig Jahre alt, brauchte dringend einen Friseur und trug eine graue Wildlederjacke mit Fransen an Hüfte und Manschetten.

»Wie heißt du, Bursche?« knurrte der Sergeant.

»Mancuso. Edward Mancuso.«

»O.K. Und was war das nun für eine Sache mit den Tauben, Eddielein?«

»Paß ja auf. Wir brauchen dem Kerl überhaupt nichts zu erzählen«, fiel der zweite ein. Er war etwa genauso alt wie Mancuso, trug die Haare ebenso zottig und hatte sich in einen dunkelbraunen Mantel gehüllt. Die Hosen waren ihm viel zu lang. »Die haben uns hier ohne jeden Grund eingebuchtet. Wir können sie sogar wegen ungerechtfertigter Festnahme auf Schadenersatz verklagen.«

»Wie heißt du denn?« fragte der Sergeant.

»Frank Di Paolo. Haben Sie einen Begriff, was das heißt, Schadenersatz?«

»Ja, ja, natürlich«, winkte der Sergeant ab. »Man hat euch erwischt, als ihr gerade die Treppe vom Dachgeschoß runterkamt. Was wolltet ihr da?«

»Ich will einen Rechtsanwalt«, sagte Di Paolo.

»Wozu denn? Wir haben euch noch nicht mal eingesperrt.«

»Dazu haben Sie auch gar keinen Grund.«

»An der Speichertür waren Spuren von einem Brecheisen«, warf der Streifenbeamte ein.

»Die müssen alt sein«, beteuerte Di Paolo. »Haben Sie etwa Einbruchswerkzeug bei uns gefunden?«

»Ah, der Bursche weiß immerhin, was Einbruchswerkzeug ist«, meinte der Sergeant und wandte sich direkt an Di Paolo.

»Wer hier in dieser lausigen Gegend wohnt, weiß über alles Bescheid«, maulte Di Paolo.

»Auch, wie man in einen Speicher einbricht und Kleider stiehlt?«

»Ich sag' Ihnen doch, wir waren hinter den Tauben her«, mischte sich Mancuso wieder ein.

»Welche Tauben?«

»Unsere Tauben.«

»Im Kleiderspeicher?«

»Nein, auf dem Dach.«

»Ihr züchtet also Tauben ausgerechnet auf dem Dach da?«

»Nein, da wo wir wohnen, Nummer 2335, Zwölfte Straße.«

»Und was hat das mit dem Kleiderspeicher zu tun?«

»Gar nichts«, sagte Mancuso.

»Absolut nichts«, warf Di Paolo ein. »Wir sind nur raufgeklettert, weil unsere Tauben auf dem Dach saßen.«

»Wir wollten sie nur runterholen«, bekräftigte Mancuso.

»Sieh mal an«, meinte der Sergeant höhnisch. »Eure Tauben können also nicht von selbst fliegen.«

Der Streifenpolizist lachte eilfertig über den Witz.

»Tauben, die nicht fliegen können«, bekräftigte der Sergeant, und der Polizist lachte wieder pflichtschuldigst.

»Natürlich können die Tauben fliegen. Manchmal kommen sie nur nicht zurück. Da kann man noch soviel rufen. Wir waren auf unserem Dach und konnten die Tauben auf dem Dach von diesem Kleiderlager sehen –«

»Sieh mal da, ihr wußtet also schon, daß da ein Kleiderlager war?«

»Nein, das wußten wir noch nicht. Erst als wir die Treppen raufstiegen, fiel uns das Schild auf.«

»Und dann habt ihr euch gedacht, ihr könntet das Lager eigentlich gleich ausräumen, hab' ich recht? Kleiner Einbruch im Vorbeigehen.«

»Wieso Einbruch? Wir wollten unsere Tauben wiederhaben.«

»Und wo sind sie jetzt?«
»Wer?«
»Diese komischen Vögel?«
»Sie flogen weg, als wir oben ankamen.«
»Ich denke, die konnten gar nicht fliegen?«
»Das haben Sie verzapft. Wir nicht.«

Die eisenbeschlagene Treppe im Hintergrund klapperte. Ein Mann kam heruntergestiegen. Er war gut gekleidet und glatt rasiert. Seine etwas schrägen Augen gaben ihm ein fast orientalisches Aussehen. Der Mann trug keinen Hut. Sein Haar war sandfarben und kurzgeschnitten, aber nicht stoppelig. Er las konzentriert in irgendeinem Formular, als er durch den Raum ging. Dann faltete er das Papier zusammen und steckte es in die Jackentasche. Am Pult blieb er stehen.

Der Sergeant blickte auf.

»Ich geh' essen, Dave«, sagte der Mann aus dem Obergeschoß. »Wenn jemand was von mir will, ich bin zwischen halb und zwei wieder da.«

»O. K., Steve«, sagte der Sergeant. »Kennst du die beiden?«

Steve sah sich Mancuso und Di Paolo genau an, schüttelte den Kopf. »Tut mir leid, nie gesehen. Was machen die hier?«

»Ach, zwei Taubenfreunde.« Der Sergeant sah den Streifenpolizisten beifallheischend an, und der lachte prompt. »Sind dir also kein Begriff.«

»Nein«, sagte Steve.

Der Sergeant wandte sich Di Paolo zu. »Sieh dir mal diesen Mann hier an«, sagte er und zeigte auf Steve. »Das ist der gemeinste und brutalste Bulle im ganzen Revier. Hab' ich recht, Steve?«

Der lächelte zustimmend. »Klar. Natürlich hast du recht.« Steve war offenbar ein Detektiv in Zivil.

»Also, wenn ihr schlau seid, packt ihr vor mir aus«, riet der Sergeant den beiden Männern in Handschellen. »Wenn der euch erst in die Finger kriegt, na, danke schön. Der hat da oben einen dicken Gummiknüppel zur Hand, stimmt's, Steve?«

»Zwei Gummiknüppel. Und ein handliches Bleirohr.«

»Wir haben nichts auszupacken«, beharrte Mancuso.

»Wir wollten nur unsere Tauben wiederholen und dann –«

»Also, bis nachher, Dave«, unterbrach der Detektiv.

»– ganz bestimmt. Wir wollten nur die Tauben holen. Wir hatten sie auf dem Dach gesehen.«

»Mach's gut, Steve«, sagte der Sergeant und war gleich wieder bei der Sache. »Im Februar?«

»Was ist?«

»Ihr laßt eure Tauben ausgerechnet im Februar fliegen? Wenn es so kalt ist, daß euch auf dem Dach der Hintern erfriert?«

»Das hat doch gar nichts damit zu tun.«

Roger hatte ganz still zugehört. Plötzlich stand er auf. Der Detektiv war gerade durch die Eingangstür verschwunden. Roger folgte ihm. Als er an der Tür war, blickte der Sergeant hinter dem Pult auf. Es schien, als bemerkte er Roger erst jetzt. »Kann ich was für Sie tun, Mister?«

»Nein, vielen Dank«, antwortete Roger und zog schnell die Tür auf. Im Hintergrund hörte er, wie Di Paolo geduldig noch einmal von vorn anfing, mit dem Dach und den Tauben. Roger schloß die Tür hinter sich.

Auf der Straße blickte er erst nach links, dann nach rechts. Der Detektiv ging die Grover Avenue hinunter. Er hatte die Hände tief in die Tasche seines grauen Tweedmantels gebohrt und hielt den Kopf geduckt gegen den Wind. Roger lief ihm schnell nach.

Warum er das tat, wußte er selbst nicht so genau. Irgend etwas hatte ihn bewogen, plötzlich von der Bank aufzustehen und dem Detektiv hinterherzulaufen. Vielleicht war es der Anblick der beiden armen Teufel. Die wurden da festgenagelt und so lange bearbeitet, bis sie den Einbruch in das Kleiderlager gestanden. Dabei stand für Roger außer Zweifel, daß die beiden nur hinter ihren Tauben hergewesen waren. Das mußte doch ein Blinder sehen! Vielleicht war es aber auch das Lächeln des Detektivs. Der Sergeant hatte geschildert, was für ein gemeiner und brutaler Bulle der Mann war. Und der hatte nur gelächelt und gesagt: »Klar, natürlich.« In Wirklichkeit war der gar nicht gemein und brutal, das hatte Roger gleich gemerkt. Der tat nur seine Pflicht, und die brachte ihn nun mal mit Leuten zusammen, die in Kleiderlager einbrechen wollten.

Vor allem hatte ihm das Gesicht des Mannes gefallen. Warum, konnte Roger auch nicht sagen. Auf dieser Erde gab es eben Schweinehunde und nette Kerle. Und dieser Detektiv war ein netter Kerl. Das spürte er instinktiv, ebenso wie er vorhin im Schnellimbiß sofort gewußt hatte, daß Parker einer von den Schweinehunden war.

Der läuft aber verdammt schnell, dachte Roger. Er strengte sich an, den grauen Mantel in den Augen zu behalten. Der Detektiv war ein großer Mann, nicht ganz so groß wie Roger selbst, aber immerhin mindestens einsachtzig oder einsfünfundachtzig. Er hatte breite Schultern und schmale Hüften. Sein Gang war der eines Athleten. Er lief schnell und elastisch über das vom Schnee jetzt schlüpfrige Pflaster. Die Flocken waren immer noch groß und schwer. Sie wirbelten dicht durch die Luft. Es sah aus wie auf einer Weihnachtskarte. Grau, weiß und die roten Backsteine der Häuser. Zwischen grünen Fensterrahmen das warme Gelb oder Blau der Tapeten in den Zimmern hinter halbvorgezogenen, hellen Gardinen. Die Stadt konnte wirklich bunt sein. Das wurde einem erst im Schneewirbel so richtig bewußt.

Als er so hinter dem Detektiv herlief, fühlte Roger sich wieder ganz obenauf. Er hatte schon als Kind Schnee gern, und jetzt schneite es immer dichter. Die Straßen färbten sich zusehends weiß, und es knirschte so angenehm unter seinen Füßen. Roger lief mit Wonne durch die großen wirbelnden Flocken. Es war genau wie in den Comic Strips. Wenn es da schneite, waren die Flocken dicke, runde Bälle, die fast das ganze Bild ausfüllten. Da waren schon Könner am Werk.

Der Detektiv bog in eine Seitenstraße ein. Roger erhöhte das Tempo, rutschte prompt aus und konnte nur mühsam die Balance halten. Dann bog auch er um die Ecke. Der Mann blieb gerade vor einem Restaurant stehen, die Hände immer noch in den Taschen vergraben. Wahrscheinlich wartete er auf jemand. Roger sah sich nach einer Stelle um, wo er auch warten konnte, ohne daß es auffiel. Schließlich ist der da drüben Detektiv, dachte Roger. Der muß selbst dauernd Leute verfolgen und beobachten, also Vorsicht. Am besten weitergehen und dann am anderen Ende der Straße warten, überlegte Roger. Nein, ich werde jetzt schnurstracks zu ihm laufen und ihm alles sagen. Zögern hilft ja doch nichts.

Er wollte seinen Entschluß gerade ausführen, da hielt vor dem Restaurant ein Taxi. Eine Frau stieg aus.

Sie war sehr schön.

Roger war noch fünf oder sechs Meter entfernt, als sie ausstieg. Ihr Rock schob sich dabei hoch, und sie zog ihn schnell wieder über die Knie, während sie das Taxi bezahlte. Der Detektiv streckte ihr die Hand entgegen. Sie sah zu ihm auf und lächelte. Sie war wirklich eine Schönheit. Ihr Haar war schwarz, die Augen dunkelbraun.Wenn sie lächelte, strahlten die Augen, der Mund, ihr ganzes Gesicht. Sie küßte den Mann kurz auf den Mund. Dann nahm sie seine Hand, verschränkte ihre Finger mit seinen, und beide steuerten auf das Restaurant zu. Der Schnee fing sich sofort in ihren Haaren. Sie schüttelte lachend den Kopf. Das ist eine von denen, die mit jedem Mann neckisch tun, dachte Roger, als beide in dem Restaurant verschwanden. Aber dann ging ihm auf, daß das hier ganz und gar nicht stimmte. Diese Frau war glücklich, ganz einfach glücklich, wenn sie mit dem Mann zusammensein konnte.

Roger war noch nie von jemand so geliebt worden.

Er folgte den beiden in das Lokal.

Plötzlich mußte er wieder an das Mädchen Molly denken.

7

Er war aufgestanden und rüber an ihren Tisch gegangen. Das Mädchen hatte kurz aufgesehen und sich dann wieder ihrem Drink gewidmet. Vor ihr stand eine Flüssigkeit in einem kleinen Glas mit Stiel. Wahrscheinlich ein Whisky sour oder so ähnlich, dachte sich Roger. Das Mädchen blickte noch mal auf und musterte Roger ziemlich desinteressiert. Dann betrachtete sie ihr Glas, mit der gleichen Miene, als hinge ihr die ganze, langweilige Welt zum Hals heraus.

»Tut mir leid, daß ich Ihnen vorhin den Tisch geklaut habe«, eröffnete Roger das Gespräch. Er hatte sein artigstes Lächeln aufgesetzt.

»Hören Sie doch endlich damit auf«, sagte das Mädchen.

Er stand immer noch am Tisch und wartete, daß sie ihn zum Sitzen einlud. Aber das Mädchen starrte nur auf sein Glas und den weißen Schaum am oberen Rand. Ihr Gesichtsausdruck war trostlos und öde, und das machte sie noch häßlicher.

»Na ja«, meinte Roger, »ich wollte mich schließlich nur entschuldigen.« Er wandte sich wieder von ihrem Tisch ab und dachte, ich hab' mich wohl geirrt, die hat doch kein Interesse an mir. Plötzlich ging ihm auf, daß sie wahrscheinlich gar nicht wußte, wie man als Frau auf einen Annäherungsversuch zu reagieren hatte. Mit der hatte bestimmt noch niemand geflirtet. Er drehte sich um und fragte höflich: »Haben Sie was dagegen, wenn ich mich setze?«

»Ganz wie Sie wollen«, antwortete das Mädchen.

»Danke vielmals.«

Roger setzte sich hin.

Am Tisch herrschte Schweigen.

»Ich weiß gar nicht, warum Sie überhaupt noch fragen«, meinte sie schließlich und schaute kurz von ihrem Glas hoch. »Mir scheint, Sie setzen sich immer da hin, wo es Ihnen paßt.« Sie spielte gelangweilt mit der Kirsche in ihrem Glas.

»Das vorhin war wirklich ein Irrtum«, meinte Roger begütigend. »Ich wußte doch nicht, daß der Tisch besetzt war.«

»Na ja, schon gut«, lenkte sie ein.

»Möchten Sie noch was trinken?« wollte Roger jetzt wissen.

»Wollen Sie denn?«

»Ja, aber nur ein Bier. Ich mache mir nicht viel aus harten Sachen.«

»Ich auch nicht«, pflichtete sie ihm bei. »Nur wenn das Zeug süß ist. Wie dies hier.«

»Was trinken Sie denn da?«

»Whisky sour.«

»Dachte ich mir. Was ist denn daran süß?«

»Ich habe den Ober gebeten, mit der Zitrone sparsam umzugehen.«

»Ach so.«

»Ja.«

»Wollen Sie nun noch einen?«

Das Mädchen zuckte die Schultern. »Warum eigentlich nicht?«

Roger rief den Kellner. »Ein Bier für mich, und einen Whisky sour für die Dame.«

»Sparsam mit der Zitrone«, sagte das Mädchen. Sie sagte es zu ihm, nicht zu dem Kellner.

»Sparsam mit der Zitrone«, gab Roger weiter.

»Okay«, meinte der Kellner und verschwand.

»Ich heiße Roger Broome. Und Sie?«

»Molly Nolan.«

»Irisch also«, murmelte Roger vor sich hin.

»Genau. Und Broom? Woher kommt das?«

»Aus England, glaube ich, oder aus Schottland. Vielleicht auch beides.«

»B-R-O-O-M?«

»Nein, mit E hinten.«

»Oh«, sagte das Mädchen erfreut, als ob das die Sache wesentlich änderte. Dann herrschte wieder Schweigen.

»Kommen Sie öfters hierher?« fragte Roger schließlich.

»Heute zum erstenmal.«

»Ich auch.«

»Wohnen Sie hier in der Gegend?« wollte jetzt das Mädchen wissen.

»Nein, ich bin von außerhalb.«

»Und ich aus Sacramento«, berichtete Molly. »Kalifornien.«

»Was, wirklich?«

»Ja, stimmt«, meinte Molly und lächelte. Auch das Lächeln machte sie nicht hübscher, stellte Roger bei sich fest. Die Zähne sind zu lang für die Art Mund. Sie hat deswegen eine ganz zerbissene Unterlippe.

»Sie sind aber weit weg von zu Hause«, sagte er laut.

»Das kann man wahrhaftig sagen.«

Der Kellner kam mit ihren Drinks. Roger hob sein Glas. »Auf alle Fremden in dieser Stadt.«

»Na ja, ganz so fremd bin ich nun auch nicht mehr«, gab Molly zu bedenken. »Bin schließlich schon eine Woche hier.« Aber sie erwiderte trotzdem seinen Toast.

»Was hat Sie überhaupt hergeführt?«

»Ich weiß auch nicht recht. Wahrscheinlich die Suche nach einer guten Chance.«

»Gibt es hier denn welche?«

»Bisher hab' ich keine gefunden. Bin noch immer stellungslos.«

»Was für einen Job suchen Sie denn?«

»Büroarbeit. Ich habe an der Westküste einen Lehrgang besucht. In Steno bin ich sehr gut, und an der Schreibmaschine schaffe ich sechzig Worte in der Minute.«

»Da müßten Sie aber leicht einen Job finden«, meinte Roger.

»Das glauben Sie. Ich bin nicht hübsch genug.«

»Wieso?«

»Ich weiß, daß ich nicht sehr hübsch bin.« Molly starrte auf ihren neuen Whisky sour und fing wieder an, mit der

Kirsche zu spielen. »Männer wollen nun mal hübsche Sekretärinnen. Das hab' ich schon zu spüren bekommen.«

»Was hat denn das mit der Arbeit zu tun?« fragte Roger.

»'ne ganze Menge, glauben Sie mir.«

»Kommt drauf an. Ich hab' ja keine Sekretärin, aber wenn ich eine brauchte, würde ich gern eine haben, die aussieht wie Sie. An Ihnen finde ich nichts auszusetzen, Molly.«

»Oh, danke sehr.« Molly lachte verschämt. Aber man merkte ihr an, daß sie ihm nicht glaubte.

»Was sagen denn Ihre Angehörigen dazu, daß Sie so weit weggefahren sind?«

»Ich habe keine Angehörigen.«

»Tut mir leid«, sagte Roger traurig.

»Meine Eltern starben, als ich neunzehn war. Mein Vater an Krebs, und sechs Monate später war auch meine Mutter tot. Sie starb an gebrochenem Herzen. Das sagten damals alle. Glauben Sie, daß man an gebrochenem Herzen sterben kann?«

»Ich weiß nicht recht«, meinte Roger nachdenklich. »Wahrscheinlich schon.«

»Ja, kann sein.« Molly seufzte. »Wie dem auch sei, ich bin jedenfalls ganz allein auf der Welt.«

»Sie müssen doch irgendwo Verwandte haben.«

»Meine Mutter hatte einen Bruder in Arizona. Aber der weiß nicht einmal, daß es mich gibt.«

»Wie traurig«, meinte Roger.

»Ach was, wen schert das schon. Was soll man überhaupt mit Verwandten?«

»Na ja, eine Familie macht doch Freude.«

»Mmm, vielleicht.« Molly blickte traurig in ihr Glas. Roger nippte an seinem Bier.

»Ich bin immer ganz allein gewesen, seit ich neunzehn wurde«, erinnerte sich das Mädchen.

»Wie alt sind Sie denn jetzt?«

»Dreiunddreißig«, antwortete Molly, ohne mit der Wimper zu zucken. »Dachte, es würde langsam Zeit, mal die

Tapeten zu wechseln. An der Ostküste hab' ich mir Aussichten für eine bessere Stellung ausgerechnet. Aber nicht die Bohne. Bis jetzt wenigstens.«

»Sie werden schon noch was finden«, tröstete Roger.

»Hoffentlich. Mein Geld geht zur Neige. Als ich letzte Woche ankam, hab' ich in der Innenstadt im Hotel gewohnt. Zwanzig Dollar die Nacht. Letzten Freitag bin ich etwas weiter nach draußen gezogen. Immer noch zwölf Dollar. Gestern hab' ich mir dann schließlich eine richtige Spelunke gesucht. Dort kann ich wenigstens noch ein paar Tage unterkriechen. Diese Stadt kann einen wirklich umbringen, wenn man nicht aufpaßt. In Kalifornien bin ich mit zweihundertfünfzig Dollar abgefahren und einem Koffer voll Kleider. Das war alles. Ich dachte, ich würde hier im Handumdrehn was finden, aber bis jetzt... nicht die Bohne. Na, vielleicht morgen.«

»Wo, sagten Sie, haben Sie ein Zimmer genommen?«

»*Orchidee* heißt das Hotel. Liegt an der Ainsley Avenue. Die Bude steckt voller Lateinamerikaner, aber wen schert das schon. Hauptsache, das Zimmer ist billig.«

»Was zahlen Sie denn?« wollte Roger wissen.

»Sieben Dollar die Nacht. Ist das nicht billig?«

»Ja, schon.«

»Das Zimmer ist gar nicht so schlecht. Wo übernachten Sie eigentlich?«

»Ach, ich habe ein möbliertes Zimmer in... na, wo eigentlich, an der Zwölften liegt die Pension, glaube ich wenigstens.«

»Ist es da nett?«

»Nein, eigentlich ziemlich trostlos. Aber es ist ja nur für ein paar Nächte. Ich wollte nicht zuviel investieren.«

»Wann fahren Sie wieder ab?«

»Morgen wahrscheinlich. Morgen früh.«

»Mmm«, machte Molly und lächelte dünn.

»Ja, morgen früh«, wiederholte Roger.

»Mmm.«

»Wie schmeckt Ihr Drink?«

»Gut, danke.«

»Nicht zu sauer?«

»Nein, gerade richtig.« Molly lächelte, hob ihr Glas und nippte. Etwas Schaum blieb an ihrer Unterlippe hängen. Sie leckte ihn säuberlich ab. »Gefällt es Ihnen in der Stadt?«

»Ich kenne mich noch nicht so gut aus«, antwortete Roger.

»Ich auch nicht. Genaugenommen kenne ich hier keine Menschenseele.«

»Geht mir genauso.«

Molly mußte lachen. »Wer mir zuhört, denkt sicher, ich bin ein armes kleines Waisenkind. Keine Eltern, keine Verwandten, keine Freunde. O je, o je.«

»Na, in, wo war es doch... in Sacramento haben Sie doch bestimmt Freunde sitzen?«

»Ja, in Sacramento. Da hatte ich eine sehr gute Freundin. Sie heißt Doris Pizer und ist Jüdin. Ein sehr nettes Mädchen. Doris war übrigens schuld, daß ich herkam. Sie ging nach Hawaii.«

»Was wollte sie denn da?«

»Sie fuhr letzten Monat ab. Ich sollte mitkommen, aber Hitze hat mir noch nie zugesagt. Außerdem finde ich die Stadt sehr aufregend, Sie nicht auch?«

»Doch.«

»Man weiß hier nie, was alles passieren kann. So kommt es mir jedenfalls vor. Zum Beispiel, daß ich Sie heute abend treffen würde. Haben Sie das geahnt?«

»Nein, wie sollte ich auch.«

»Das ist genau, was ich meine. Wirklich eine aufregende Stadt.«

»Ja«, bestätigte Roger.

»Als Doris dann abgereist war«, sagte Molly und trank ihr Glas mit einem Zug aus, »als Doris weg war, hielt mich nichts mehr in Sacramento.« Molly kicherte. »Verstehen Sie mich?«

»Ich weiß schon, was Sie sagen wollen«, meinte Roger. »Möchten Sie noch einen Drink?«

»Dann falle ich um.«

»Wie Sie wollen.«

»Nein, danke. Wirklich nicht. Trinken Sie denn noch was?«

»Nur, wenn Sie mithalten.«

»Hören Sie, ich glaube, Sie wollen mich vollaufen lassen«, sagte Molly und kniff vielsagend ein Auge zu.

»Nein. Es ist nicht meine Art, Mädchen betrunken zu machen. Ich hab' noch nie ein Mädchen betrunken gemacht.«

»Ich glaube Ihnen ja«, meinte Molly ernsthaft. »Sie haben das bestimmt gar nicht nötig.«

Roger überhörte das. »Also, wenn Sie noch was trinken wollen –«

»Ja, danke. Ich möchte doch noch einen.«

»Ober!« rief Roger. Der Kellner kam an den Tisch. »Noch ein Bier und einen Whisky sour.«

»Sparsam mit der Zitrone«, erinnerte Molly.

»Sparsam mit der Zitrone«, sagte Roger zum Kellner. Er fühlte sich geschmeichelt, daß Molly ihre Wünsche ihm kundtat und nicht dem Ober. So, als ob es den gar nicht gab. Er wartete, bis der Mann an der Bar seine Bestellung aufgegeben hatte. Dann wandte er sich wieder Molly zu. »Wie geht es ihr denn da draußen? Doris, meine ich.«

»Oh, recht gut. Sie schrieb mir erst letzte Woche. Und ich hab' ihr noch gar nicht geantwortet. Sie weiß nicht einmal, daß ich überhaupt hier bin.«

»Wieso das denn?«

»Nun ja, ich habe mich ganz plötzlich zu der Reise entschlossen. Der Brief kam am Tag vor der Abfahrt. Da bin ich einfach nicht zum Antworten gekommen. Hier habe ich soviel zu tun gehabt. Herumlaufen und eine Stellung suchen.«

»Sie macht sich bestimmt Gedanken, daß Sie ihr nicht antworten«, meinte Roger.

»Ich bin doch schließlich erst eine Woche hier.«

Der Kellner brachte ihre Drinks und verschwand wieder. Langsam verliefen sich die Leute aus der Bar. Niemand schenkte Roger und dem Mädchen auch nur die geringste Beachtung. Sie waren eben Fremde in dieser Stadt, die so groß wie das Weltall war.

»Was zahlen Sie eigentlich für Ihr Zimmer?« fragte Molly plötzlich.

»Was? Ach so... vier Dollar für die Nacht.«

»Wirklich billig«, sagte Molly anerkennend.

»Ja.« Roger nickte. »Wirklich billig.«

»Hübsches Zimmer?«

»Es geht so. Ganz in Ordnung.«

»Toi auf dem Flur?«

»Was?«

»Toi.« Sie sah, daß er ratlos war. »Die Toilette, meine ich.«

»Ach so, ja. Am Ende vom Flur.«

»Das geht eigentlich noch. Das heißt, wenn das Zimmer einigermaßen ist. Groß genug, zum Beispiel.«

»Doch, ganz schön groß. Und die Wirtin ist nett. Allerdings kann ich Ihnen nicht verschweigen, daß –«

»Was denn?«

»Ich habe eine Ratte im Zimmer entdeckt.«

»Also Ratten finde ich scheußlich.«

»Ich auch, da sind wir uns einig.«

»Was haben Sie denn gemacht, als Sie die Ratte fanden?« wollte Molly wissen.

»Ich hab' sie kaltgemacht«, meinte Roger obenhin.

»Ich habe sogar Angst vor Mäusen«, gestand Molly. »Und eine Ratte umbringen, nein, dazu hätte ich nie den Mut.«

»Es war auch nicht gerade angenehm«, erinnerte sich Roger. »Als ich sie in die Ecke getrieben hatte, machte sie Männchen und –«

»Bitte«, flehte Molly und schüttelte sich. »Nicht weiter.«

»Entschuldigen Sie. Ich wußte nicht –«

»Ach, macht ja nichts.« Sie nahm einen großen Schluck.

»Heute nacht kann ich aber jetzt bestimmt nicht schlafen«, eröffnete sie ihm und fügte schnell hinzu: »Jedenfalls nicht allein.«

Roger sagte gar nichts.

»Ich würde mich zu Tode fürchten«, erklärte Molly und schüttelte sich wieder. »Schämen Sie sich gar nicht, einem armen Mädchen solche Gruselgeschichten zu erzählen?«

»Tut mir wirklich leid«, sagte Roger bedrückt.

»Na ja, schon gut.« Molly trank aus. Plötzlich kicherte sie. »Wie groß ist Ihr Zimmer denn nun?«

»Ziemlich groß.«

»Was heißt das?«

»Kann ich eigentlich nicht so genau sagen. Ich bin kein Meister im Schätzen.«

»Dann muß ich es mir wohl selber ansehen.« Molly verstummte, wie erschrocken über sich selbst. Sie nahm ihr leeres Glas und versuchte, noch einige Tropfen herauszulutschen. Dann sagte sie, sehr sachlich: »Ich würde mir wirklich gern mal Ihr Zimmer ansehen. Es klingt ja sehr schön, so billig, meine ich. Wenn es groß genug ist, würde ich es schon nehmen. Das heißt, wenn es auch wirklich so billig ist.«

»Ja, doch. Nur vier Dollar.«

»Ich möchte das Zimmer sehen«, wiederholte sie, sah ihn einen Moment direkt an und senkte dann sofort die Augen.

»Ich kann es Ihnen ja zeigen«, meinte Roger.

»Sie würden das tun?«

»Aber natürlich.«

»Nur einen kurzen Augenblick. Ich möchte nur mal reinsehen.«

»Klar.«

»Ich wäre Ihnen wirklich sehr dankbar«, sagte Molly. Sie hielt die Augen immer noch gesenkt und lief rot an wie ein Krebs.

»Ich hole Ihren Mantel«, sagte Roger und stand auf.

Als er ihr in das Kleidungsstück half, sah sie ihn über die Schulter hinweg an und fragte: »Wie haben Sie sie umgebracht? Die Ratte, meine ich.«

»Ich hab' sie mit den Händen zerquetscht«, antwortete Roger.

Roger gab seinen Mantel an der Garderobe ab. Der Detektiv und die Frau wurden gerade vom Oberkellner zu einem freien Tisch geführt. Die Frau trug eine hellblaue Jacke über einer weißen, langärmeligen Bluse. Als der Oberkellner ihr den Stuhl zurechtrückte, lächelte sie ihm freundlich zu. Dann legte sie die Hände über die des Mannes, der ihr gegenübersaß.

»Danke schön«, sagte Roger zu der Garderobiere und steckte die Marke in seine Jackentasche. Der Oberkellner kam wieder zum Eingang. Er sah sehr französisch aus. Hoffentlich bin ich hier nicht in ein französisches Restaurant geraten, dachte Roger.

»Bonjour, Monsieur«, sagte der Oberkellner. Au, verflucht, dachte Roger. »Wieviel Personen, Sir?« fragte ihn der Mann.

»Nur ich.«

»Oui, Monsieur, hier entlang, bitte.«

Roger folgte ihm in das Restaurant. Einen Augenblick dachte er, der Oberkellner wollte ihn in einen Nebenraum führen. Aber der Mann machte in Wahrheit nur einen Umweg um einen großen Serviertisch in der Mitte des Raumes. Er wies Roger an einen Tisch etwa drei Meter von dem Detektiv und der Frau entfernt.

»Voilà, Monsieur«, sagte der Oberkellner und stellte Roger einen Stuhl zurecht.

»Ich möchte aber lieber da drüben sitzen«, erklärte Roger. »Da an der Wand.«

»Monsieur?« fragte der Oberkellner und zog die Augenbrauen rügend empor.

»Der Tisch da«, sagte Roger und deutete auf einen Platz unmittelbar neben dem Paar.

»Oui, Monsieur, certainement«, meinte der Oberkellner. Beleidigt, aber nach wie vor diensteifrig schob er den Stuhl unter den Tisch zurück. Dann geleitete er Roger zu dem Platz an der Wand und zog den Tisch etwas vor, so daß sein Gast auf die mit Kissen belegte Bank gelangen konnte. »Darf ich Monsieur einen Cocktail empfehlen?«

»Nein«, wehrte Roger ab. »Danke sehr.«

»Hätten Sie gern die Speisekarte?«

»Ja«, pflichtete Roger bei. »Die hätte ich gern.«

Der Oberkellner schnippte einmal kurz mit den Fingern. »La carte pour Monsieur«, instruierte er einen der untergeordneten dienstbaren Geister, machte eine knappe Verbeugung und verschwand. Der andere Kellner brachte Roger prompt die Speisekarte und bekam dafür ein artiges Dankeschön. Roger schlug die Karte auf.

»Was meinst du denn dazu?« fragte der Detektiv am anderen Tisch.

Die Frau schwieg. Hinter seiner Speisekarte wunderte sich Roger, warum sie die Antwort schuldig blieb.

»Wahrscheinlich hast du recht.« Das war wieder der Detektiv. Immer noch schwieg die Frau. Roger hielt seinen Blick krampfhaft auf die Speisekarte gerichtet. Er hatte Angst, als Lauscher aufzufallen.

»Natürlich. Du machst das ja immer so«, ließ sich der Mann wieder vernehmen.

Komisch, dachte Roger, den Kopf immer noch in der Speisekarte vergraben. Der Detektiv bestritt die Unterhaltung allein. Trotzdem hörte es sich wie ein echtes Gespräch an. Der Mann antwortete immer auf etwas, das die Frau gesagt haben mußte. Nur war von ihr kein Wort zu hören.

»Da sind unsere Drinks«, verkündete der Detektiv. Roger legte die Karte weg und sah einen rotbewamsten Ober, der gerade zwei Gläser an den Nachbartisch brachte. Wahrscheinlich zwei Whisky-Sodas. Das Paar stieß miteinander an, aber keiner sagte ein Wort. Die Frau nippte einmal kurz und stellte das Glas hin. Roger wagte, genauer hinzusehen. Sie trug einen Ehering. Die Frau war also mit dem Detektiv verheiratet.

Der Mann trank einen herzhaften Schluck und stellte das Glas zufrieden zurück. »Das tut gut«, seufzte er.

Seine Frau nickte zustimmend, sagte aber immer noch nichts. Roger wandte sich ab und widmete sich wieder seiner Speisekarte.

»Ist Fanny denn nun endlich heil angekommen?« Das war wieder der Mann.

Abermals eine längere Pause. Roger wartete gespannt hinter der Karte.

»Was für eine Ausrede war denn das nun wieder?« wollte der Detektiv wissen. Roger hielt es nicht mehr aus, legte die Speisekarte weg und drehte sich um. Er starrte das Paar am Nebentisch nun unverfroren an.

Die Frau hatte die Ellbogen auf den Tisch gestützt. Die Hände hielt sie in der Schwebe, etwas unterhalb ihres Gesichts. Sie hatte lange, schlanke Finger und trug die Nägel hellrot lackiert. Als sie nun begann, die Hände in einem bestimmten Rhythmus schnell zu bewegen, glitzerten die Fingernägel wie winzige Flammen.

Roger wußte nicht, was er von der Sache halten sollte. Das mußte ja eine ganz Alberne sein. Diese verrückten Handbewegungen. Sicher ein komischer Spaß zwischen den beiden.

Aber dann sah er hinter den Händen ihr Gesicht. Es war noch viel schöner, als er gedacht hatte. Sie trug ihr Haar glatt aus der Stirn zurückgekämmt. Schwarze Brauen beschrieben einen hochgeschwungenen Bogen über tiefbraunen Augen. Als Roger noch hinschaute, zog sich eine Braue finster zusammen. Der eben noch liebliche Mund war plötzlich eine schiefe, höhnische Grimasse. Auch die Hände bewegten sich jetzt ganz anders in den glatten, öligen Gesten eines abgefeimten Schurken aus der Stummfilmzeit. Ihre Finger griffen an die Oberlippe und zwirbelten einen imaginären Schnurrbart. Der Detektiv lachte lauthals los. Die Frau ließ ihre Teufelsmaske plötzlich wieder fallen. Jetzt sprühten die Augen vor lauter Schalk, das ganze Gesicht war ein spitzbübisches Lächeln. Ihre schlanken, langen Finger bewegten sich unaufhörlich. Der Detektiv beobachtete konzentriert ihre Hände, dann wieder ihr Gesicht, das sich abermals völlig verändert hatte. Dem Mann gegenüber saß jetzt ein kleines Mädchen mit unschuldigen, naiven Augen, das offenbar gerade dabei war, seiner Mutter oder Tante eine Missetat einzugestehen.

Roger ging plötzlich ein Licht auf. Die Frau sprach ununterbrochen. Sie redete nicht mit der Zunge, sondern mit Händen und Mienenspiel. Die Frau war stumm.

Schnell wandte Roger sich wieder ab. Sie sollte sich durch seine Neugier nicht belästigt fühlen.

Der Detektiv lachte zum zweitenmal laut los. Das Thema Fanny war abgetan, wer immer Fanny auch sein mochte. Jedenfalls mußte es eine sehr lustige Geschichte gewesen sein, denn der Detektiv konnte sich vor Lachen kaum aufrecht halten. Sogar Roger mußte grinsen und ebenso der Kellner, der gerade an den Tisch gewatschelt kam, um seine Bestellung entgegenzunehmen.

»Ich möchte eigentlich nur ein paar Eier«, bedeutete ihm Roger.

»Oui Monsieur, auf welche Art?«

»Tja... ich weiß nicht recht.«

»Darf ich Monsieur ein Omelett empfehlen?«

»Gute Idee«, sagte Roger erleichtert. »Was haben Sie denn für Omeletts?«

»Mit Käse, Pilzen, Zwiebeln –«

»Pilze, das ist genau richtig für mich. Ein Omelett mit Pilzen, bitte sehr. Und Kaffee. Zum Omelett, nicht hinterher.«

»Oui, Monsieur«, sagte der Kellner. »Auch Salat?«

»Nein, nein danke.«

»Oui, Monsieur.« Der Kellner zog ab. Roger hatte wieder Zeit für den Nebentisch.

»... zunächst beschäftigte sich Meyer mit ihm. Aber er fühlte sich der Sache wohl nicht ganz gewachsen und schickte den Priester zu mir rüber. Ich war baß erstaunt, als der Mann plötzlich vor mir stand. Ein Priester auf dem Polizeirevier, das kommt auch in unserer frommen Gegend nicht alle Tage vor.«

Der Detektiv schwieg einen Augenblick. Seine Frau lächelte ihn an. Sie war wirklich einmalig schön, staunte Roger.

»Wie dem auch sei«, fuhr der Mann fort. Die Frau las ihm die Worte offenbar von den Lippen. »Wir stellten uns gegenseitig vor, und da zeigte sich, daß er auch aus Italien stammt. Die übliche Zeremonie. Wir schwatzen über unsere Vorfahren, und der Priester ist sehr enttäuscht, daß wir nicht aus derselben Gegend stammen. Aber er vertraut mir trotzdem sein Problem an. Ein kleines Dilemma, wie er es nennt. Ich frage ihn, was denn sein Dilemma ist, und beschäftige mich insgeheim mit meinem eignen. Nicht mehr in der Kirche, seit ich ein kleines Kind war. Au verflixt. Wenn er nun auf den Gedanken kommt, mich fünfmal das Ave Maria beten zu lassen? Endlich rückt er mit der Sprache raus. Heute morgen hat er eine Frau zur Beichte. Die gestand ihm die üblichen kleinen Sünden und beichtete zum Schluß, daß sie eben eine Pistole gekauft hatte. Die trug sie jetzt in der Handtasche, neben sich im Beichtstuhl. Nach der Beichte wollte sie gleich zu dem Geschäft gehen, wo ihr Mann arbeitet. Dort wollte sie warten, bis der Gute zur Mittagspause aus der Tür kam, ihn dann über den Haufen schießen und gleich darauf sich selbst umbringen. Ob der gute Pater sie nicht jetzt schon von dieser Sünde freisprechen könnte? Denn hinterher wäre sie ja tot. Stell dir vor, Liebling, der Priester wußte überhaupt nicht, was er sagen sollte. Die Frau war sehr erregt, und es war klar, daß eine Lektion über die Sünde des Mordens völlig umsonst gewesen wäre. Schließlich war sie nicht zur Beichte gekommen, um den Priester um Erlaubnis zu fragen. Ihr ging es nur um die Absolution. Sie wollte ihren Mann umlegen und dann sich selbst und für beides im voraus den Segen der Kirche. Der Priester ließ es darauf ankommen, was sollte er auch sonst tun. ›Wäre es nicht schön‹, fragte er die Frau, ›wenn wir jetzt beide zusammen eine Weile beten?‹ Und in das Gebet ließ er sehr geschickt eine kleine Strafpredigt einfließen. Welch große Sünde ist es doch, jemand zu töten. Du sollst nicht töten, das fünfte Gebot. Und dergleichen mehr. Jemand umbringen, wirklich eine Todsünde, und dann das gleich zweimal. Erst den Ehemann ins Jenseits befördern, anschließend sich selbst. Wirklich unverzeihlich. Ob sie denn keine Kinder hätte? Nein, erklärte die Frau. Damit hatte sie dem Priester das Wasser abgegraben. Der hatte gerade von den armen, elternlosen Würmern sprechen wollen. Das machte eigentlich immer Eindruck. Aber da er sein Handwerk verstand, kam er sehr schnell über die Hürde. Er sprach von Eltern, Brüdern und Schwestern, die sie durch ihre Tat ins Unglück stürzen würde. Ob sie denn keine Eltern mehr hätte? Doch, sagte die Frau, sie hätte Eltern, aber die könne ihretwegen der Teufel holen. Und ob ihr der gute Pater wohl noch einmal verzeihen konnte, daß sie eben im Beichtstuhl geflucht hatte? Der Priester vergab ihr freundlich, und dann beteten sie noch eine Weile zusammen. Die ganze Zeit grübelte er verbissen, was er wohl tun könnte, damit die Frau nicht ihrem armen Gespons das Lebenslicht auspusten würde, sobald der nichtsahnend aus dem Laden kam, mit seinem Stullenpaket unterm Arm.«

Der Detektiv grinste in der Erinnerung an diese Geschichte. »Darum kam der Priester nach dieser denkwürdigen Beichte schnurstracks ins Revier gelaufen. Was ihn bedrückte, war vor allem das Beichtgeheimnis. Das meinte er auch mit seinem Dilemma. Hatte die Frau nun gebeichtet oder nicht?

Wie kann man aber eine Sünde beichten, die man noch gar nicht begangen hat? War denn Denken dasselbe wie Handeln? Wenn ja, dann mußte die Welt doch voller Sünder sein. Wenn nein, hatte die Frau also noch nicht gesündigt, konnte also auch nicht gebeichtet haben, und der Priester war nicht an das Beichtgeheimnis gebunden. Wenn das nur einfach so ein Geständnis war, warum sollte er dann nicht zur Polizei gehen und alles erzählen? Ich beruhigte ihn und wollte wissen, wie die Frau heißt und wo ihr Mann arbeitet. Aber so einfach war das nun wieder nicht. Er wollte zunächst in aller Ruhe die philosophische und metaphysische Seite der Angelegenheit mit mir erörtern, den Unterschied zwischen geplanter und begangener Sünde. Und die Uhr lief immer weiter. Mit jeder Minute kam die Mittagsstunde näher, und der Mann der armen Frau eilte, ohne es zu wissen, mit Riesenschritten auf seinen Sarg zu. Schließlich konnte ich ihn überzeugen. Ich sagte ihm nämlich, ich wüßte genau, warum er hergekommen sei. Aus dem gleichen Grund nämlich sei die Frau zu ihm in die Beichte gekommen. ›Was für ein Grund?‹ fragte er. Beide, er und die Frau, wollten auf ihre Art freigesprochen werden, antwortete ich dem Priester. Freigesprochen für die Sünde, durch ihr Schweigen den Tod zweier Menschen zu verschulden. Auch die Frau wollte im Grunde, daß man sie hinderte, ihren Mann und sich selbst umzubringen. Darum solle er mir schleunigst den Namen der Frau und den Arbeitsplatz des Mannes nennen. Es war inzwischen Viertel vor zwölf. Schließlich machte er dann die Angaben, und ich konnte gerade noch rechtzeitig einen Streifenwagen schicken. Jetzt haben wir die Frau, aber wir können sie nicht festhalten, da sie ja kein Verbrechen begangen hat und noch nicht einmal beim Versuch ertappt wurde. Übrigens, eben fällt mir doch ein Grund ein.«

Roger, der hingerissen gelauscht hatte, konnte sich kaum beherrschen. Er hätte den Detektiv am liebsten aufgefordert, ihn doch nicht auf die Folter zu spannen.

»Doch, ich glaube, wir können etwas gegen die Frau vorbringen. Oder es jedenfalls so drehen.«

Auch seine Frau sah ihn erwartungsvoll an.

»Die Pistole«, erläuterte der Detektiv. »Wenn sie keinen Waffenschein hat, können wir sie kriegen. Oder ihr wenigstens damit drohen. Mal sehen, wie die Sache läuft. Aber was mich immer noch beschäftigt: Hat der Priester nun aus der Schule geplaudert oder nicht?«

Die Frau begann wieder, mit den Händen zu reden. Roger wußte nicht, was sie sagte. Ab und zu sah er heimlich rüber und beobachtete, wie ihre schönen, schlanken Finger die stumme Sprache formten. Ihn hatte noch nie eine so schöne Frau geliebt – außer seiner Mutter, natürlich.

Der Kellner kam mit seinem Omelett. Roger aß schweigend. Am Nebentisch hatten der Detektiv und seine Frau die Gläser leer getrunken und bestellten ihr Essen.

8

Roger folgte dem Detektiv und seiner Frau aus dem Restaurant. Am Eingang zur Untergrundstation nahmen die beiden Abschied voneinander. Sie küßte ihn wieder auf den Mund, dann lief sie schnell die Treppe hinab. Der Detektiv sah ihr einen Augenblick lang nach. Lächelnd machte er sich schließlich auf den Rückweg zum Revier. Das Schneetreiben war noch dichter geworden, ein weißer Teppich lag schon über Straßen und Häusern. Das Laufen machte allmählich Schwierigkeiten.

Roger war mehrmals drauf und dran, den Kriminalbeamten einzuholen und ihm die ganze Geschichte aufzutischen. Diesem Mann, das wußte er, konnte man vertrauen. Trotzdem konnte er sich nicht überwinden. Er machte nun schon den fünften Anlauf und war sich noch nicht schlüssig, ob er den Mann jetzt ansprechen oder lieber bis zum Revier warten sollte. Aber vertrauen konnte er diesem Mann, soviel war sicher. Wer so liebevoll zu seiner Frau war, mußte doch Verständnis haben. Schon die Art, wie sie sich in die Augen gesehen hatten. Aber der Anblick hatte ihn auch traurig gemacht. Als er sah, wie zärtlich die Frau ihrem Mann die Hände streichelte, und die vertrauten, kleinen Gesten beobachtete, begann Roger sich einsam und unsicher zu fühlen.

Dieses Gefühl verflog auch nicht, als er jetzt im dicken Schnee hinter dem Detektiv herstapfte. Plötzlich fiel ihm wieder Amelia ein. Er mußte sie gleich anrufen.

Sie näherten sich dem Revier. Vor dem Haus stand ein Streifenwagen, ein Polizist kurbelte von innen das rechte Wagenfenster herunter. Der Detektiv steckte den Kopf in das Auto und wechselte ein paar scherzhafte Worte mit den uniformierten Kollegen. Alles lachte. Dann drehte der Polizist im Auto das Fenster wieder hoch, und der Detektiv stieg die sieben flachen Stufen hinauf.

Jetzt, dachte Roger. Es muß sein.

Er blieb zögernd auf dem Bürgersteig stehen.

Der Detektiv war in dem Gebäude verschwunden. Roger stand ein paar Minuten ratlos im wirbelnden Schnee, gab sich dann einen Ruck und machte sich auf die Suche nach einem Telefon. Er kam an eine Billard- und Kegelhalle. Drinnen sah er eine Telefonzelle. Er wechselte an der Kasse, der Besitzer brummte unfreundlich, als er merkte, daß sein neuer Kunde nur telefonieren wollte. Roger ließ sich nicht beirren und schloß die Tür der Zelle sorgfältig hinter sich. Dann nahm er aus der Brieftasche den Zettel mit Amelias Telefonnummer. Er wählte und wartete.

Nach dem vierten Läuten meldete sich eine Frauenstimme, keinesfalls Amelia, und sagte: »Hallooh?«

»Könnte ich bitte mit Amelia sprechen?«

»Wer ist denn da?« fragte die Frau mißtrauisch.

»Roger.«

»Wer ist Roger?«

»Roger Broome.«

»Ich kenne keinen Roger Broome«, erklärte die Frau.

»Aber Amelia weiß, wer ich bin.«

»Amelia ist nicht da. Was wollen Sie von ihr?«

»Wo ist sie?«

»Einkaufen. Was wollen Sie?«

»Sie sagte, ich soll anrufen. Wann kommt sie wieder?«

»Weiß nicht. Vielleicht in zehn Minuten.«

»Würden Sie ihr ausrichten, daß ich angerufen habe?«

»Werd' ich schon machen«, brummelte die Frau und legte auf.

Roger lauschte noch ein paar Sekunden in den Hörer. Dann gab er es auf und verließ die Zelle. Der Mann an der Kasse warf ihm einen giftigen Blick zu. Auf der Wanduhr sah Roger, daß es fast zwei Uhr war. Ob Amelia wirklich in zehn Minuten zurückkam? Die Frau am Telefon war eine Negerin; das hatte er sofort an der Sprache gehört. Verdammtes Pech, ärgerte sich Roger. Das erste wirklich hübsche Mädchen, das Gefallen an ihm fand, mußte ausgerechnet eine Farbige sein.

Zum Teufel mit Amelia. Roger schlug entschlossen die Straße zum Polizeirevier ein.

Stimmen aus dem Park ließen Roger stutzen.

Es waren Kinderstimmen. Sie drangen laut und kreischend durch den Schneewirbel, Jubelrufe, die Roger an seine Kindheit erinnerten, als sein Vater mit der Familie noch in der Bretterbude am Bahndamm gewohnt hatte. Buddy war damals noch ein winziges Baby. »Ab geht die Post, Roger«,hatte sein Vater gerufen. Und los waren sie gesaust, den Hügel herunter, die Haare vom Fahrtwind zerzaust.

Im Flockenwirbel jenseits der Parkmauer konnte Roger drei kleine Jungen mit Schlitten erkennen.

Er ging durch das Tor und suchte sich eine Bank nur wenige Meter vor dem Abhang. Der Schnee war von den Schlittenkufen schon hartgepreßt. Die Jungen mochten etwa sechs Jahre alt sein, gerade noch Kindergarten oder schon erstes

Schuljahr, bestimmt nicht älter. Zwei trugen alte, abgewetzte Anoraks, der dritte einen kurzen, grünen Wintermantel. Der im Mantel hatte eine Wollmütze tief ins Gesicht gezogen und konnte kaum noch rausgucken. Roger staunte, daß der kleine Kerl in dieser Vermummung überhaupt seinen Schlitten steuern konnte. Die beiden anderen waren barhäuptig und hatten die Haare voller Schnee. Alle drei schrien und kreischten wie am Spieß vor lauter Freude. Ein Junge ahmte täuschend ähnlich eine Polizeisirene nach.

Roger hielt es nicht mehr auf seiner Bank. Er kletterte den Abhang hinauf und wartete oben auf die drei kleinen Burschen, die gerade ihre Vehikel wieder hochschleppten. Die Jungen nahmen überhaupt keine Notiz von ihm. Der im Mantel lief an Roger vorbei, drehte sich um und wollte gerade wieder Anlauf nehmen.

»He!« rief Roger.

Das Kind schielte unter seiner Mütze hervor, wischte mit dem Handschuh seine Triefnase ab, murmelte ein kurzes »Tag« und widmete sich wieder seinem Schlitten.

»Tolle Bahn«, lobte Roger.

»Mmm«, machte der Junge und wandte sich ab.

»Darf ich mal?«

»Was?«

»Schlittenfahren?«

»Nee«, sagte der Bengel, schielte unfreundlich auf den Störenfried, nahm Anlauf und war weg. Roger sah dem Schlitten wütend nach. Diese Rotznase! Unverschämter Kerl. Rogers Hände zuckten krampfartig.

»Hat dir deine Mutter keinen Benimm beigebracht?« fragte Roger, als der Kleine wieder oben war.

Der schielte zu Roger hoch. Die beiden anderen waren ein paar Meter weiter stehengeblieben und starrten Roger neugierig an. Aus ihren Blicken sprach Trotz und ein bißchen Angst, wie bei allen Kindern, die Krach mit Erwachsenen kommen sehen.

»Warum machen Sie nicht, daß Sie wegkommen, Mister?« nuschelte die Rotznase unter ihrer Mütze hervor.

»Was gibt's, Tommy?« erkundigte sich einer seiner Freunde.

»Ein armer Irrer«, verkündete Tommy und wandte sich wieder dem Abhang zu.

»Ich hab' ja nur gefragt, ob ich mal den Schlitten haben darf«, meinte Roger.

»Und ich hab' nein gesagt.«

»Ist das Ding etwa aus Gold?« erkundigte sich Roger.

»Hören Sie, Mister, lassen Sie mich endlich in Ruhe!« Tommy hatte die Nase jetzt voll.

»Ich will Schlittenfahren!« rief Roger, bückte sich unvermutet und riß das kleine Gefährt an sich. Tommy hielt einen Augenblick fest, aber der baumlange Kerl war zu stark für ihn. Da blieb ihm nichts anderes übrig, als laut loszubrüllen, und die beiden anderen stimmten sofort ein.

Aber Roger war schon unterwegs, nahm einen gewaltigen Anlauf und knallte seine hundertneunzig Pfund auf die Holzlatten. Der Schlitten ächzte einmal gequält, machte sich dann aber anstandslos auf die Talfahrt, schneller und immer schneller. Rogers Wut war wie weggeblasen. Ganz wie früher. Roger konnte nicht mehr an sich halten, und im nächsten Augenblick gellte sein langgezogenes Jauchzen durch den Park.

»Juuuuchuuuuuhh!«

Oben auf dem Hügel zeterten Tommy und die beiden anderen. Sie machten sich gerade an die Verfolgung des Schlittendiebes. Roger scherte das nicht im geringsten. Der Wind schleuderte ihm die Flocken ins Gesicht, Steuern war unmöglich. Er ließ noch einen Jauchzer los, dann rammte der Schlitten ein unsichtbares Hindernis, überschlug sich, und Roger kugelte kopfüber in einen Schneehaufen. Der Schlitten trudelte allein weiter, Roger ließ sich jauchzend hinterherrollen. Als er unten war, glich er einem Schneemann. Er sah den Hügel hoch und mußte lachen, als Tommy heulend seinen Schlitten aus einer Schneewehe angelte.

»Hol die Polizei, Tommy!« rief einer seiner Freunde.

»Nun mach schon!« drängte auch der andere.

Roger stand auf und rannte lachend davon.

Donnerwetter, was für eine Schlittenfahrt! Den kleinen Schurken hatte er es aber gezeigt. Vor lauter Triumph über den geglückten Coup legte Roger den Kopf in den Nacken und röhrte noch einmal lauthals.

»Juuuuhuuuuhh!«

Als er am Parktor ankam, warf er sich wieder in eine würdige Haltung und schlenderte gemessen die Straße herunter. Ja damals, erinnerte sich Roger, damals hatten sie Spaß zusammen gehabt, sein Vater und er. Aber dann kam sein Vater um, und er, Roger, hatte für die Familie zu sorgen, obwohl er doch erst sieben war. Roger, du bist nun der Mann, hatte seine Mutter immer gesagt.

Roger fühlte sich plötzlich wieder niedergeschlagen und einsam, er wußte selbst nicht warum. Sein Gesicht war noch voller Schnee. Er wischte mit der Hand darüber und zog, als das nichts nützte, sein Taschentuch hervor. Am besten rief er jetzt nochmal Amelia an. Oder er ging zur Polizei und sprach mit seinem Detektiv. Das war wohl noch besser.

Er fing an, mit sich selbst zu feilschen. Polizei, wenn das nächste Auto ein Chevrolet ist, Amelia, wenn es ein Taxi ist. Wenn ein Lastwagen als nächstes kommt, gehe ich in die Pension, packe und fahre schnurstracks nach Hause. Wahrscheinlich sowieso das beste. Die machen sich bestimmt schon Sorgen.

Eine Zeitlang kam gar kein Auto. Der Schnee war wohl für die meisten zu dick geworden. Schließlich kam ein blaues Ford-Kabriolett. Das war nicht vorgesehen. Steigt mir doch alle in die Tasche! dachte Roger, suchte sich eine Telefonzelle und wählte die Nummer von Amelia.

Die Frau von vorhin meldete sich.

»Was gibt's?«

»Hier ist noch mal Roger Broome. Ich möchte Amelia sprechen.«

»Augenblick«, brummte die Frau, und Roger hörte sie rufen: »Melia! Dein Mr. Charlie am Apparat!«

Roger wartete.

Als Amelia sich meldete, ließ er sie gar nicht erst zu Wort kommen und fragte: »Wer ist Charlie?«

»Erzähl ich dir später. Wo bist du jetzt?«

»Weiß nicht genau. Irgendwo am Park.«

»Hast du etwa Sehnsucht nach mir?«

»Ja.«

»Ich kann aber noch nicht. Muß erst meiner Mutter mit den Gardinen helfen.«

»War das am Telefon deine Mutter?«

»Ja.«

»War ja sehr freundlich.«

»Ja, sie kann recht charmant sein«, kicherte Amelia.

»Wobei mußt du ihr helfen?«

»Bei den Gardinen. Sie hat neue genäht, und jetzt hängen wir sie auf.«

»Schafft sie das nicht allein?«

»Nein. Wir können uns später treffen, wenn's dir Spaß macht.«

»Gut. Wann?«

»In einer Stunde?«

»Gut. Wo?«

»Weiß nicht. Vielleicht am Drugstore?«

»Gut. Am Drugstore«, bekräftigte Roger. »Wie spät ist es jetzt?«

»Zwanzig nach zwei ungefähr. Sagen wir lieber um halb vier.«

»Gut. Also um halb vier am Drugstore.«

»Ja. Weißt du noch, wo er ist?«

»Na klar. Wo eigentlich?«

Amelia lachte. »Ecke Ainsley und Elfte Nord.«

»Ainsley und Elfte Nord, na siehste«, erklärte Roger.

»Halb vier.«

»Halb vier. Wer ist Mr. Charlie?«

»Du bist Mr. Charlie.«

»Ich? Wieso?«

Amelia mußte noch mal lachen. »Ich sag's dir nachher. Dann geb' ich dir eine Lektion über die Beziehungen zwischen Schwarz und Weiß.«

»O du liebe Zeit«, stöhnte Roger.

»Und noch über ganz andere Sachen«, flüsterte Amelia.

»Fein«, sagte Roger. Sein Herz schlug plötzlich eigenartig laut gegen die Rippen. »Also halb vier am Drugstore. Ich geh erst mal nach Hause und zieh ein sauberes Hemd an.«

»Gut.«

»Bis dann also.«

»Bis dann.«

Vor der Pension stand ein Streifenwagen. Er war leer. Durch das offene Seitenfenster konnte Roger den Polizeifunk knattern hören. Hinter den Scheiben sah er Mrs. Dougherty, die aufgeregt mit zwei uniformierten Polizisten sprach.

Roger wollte sich gerade in entgegengesetzter Richtung aus dem Staub machen, als einer der Polizisten ihn durch die Türscheibe voll anstarrte. Der hatte ihn also gesehen. Nun konnte er schlecht umdrehen und weglaufen. Roger stieg betont unbekümmert die Stufen zur Haustür hinauf, trampelte den Schnee von den Schuhen und trat ein. In der Halle zischte der Heizkörper. Davor stand der dickere der beiden Polizisten, die Hände auf dem Rücken.

Mrs. Dougherty erklärte gerade etwas. »...erst vor einer halben Stunde gemerkt, als ich in den Keller ging, um Wäsche raufzuholen. Ich habe Sie gleich gerufen. Ach, Mr. Broome, wie geht es Ihnen?«

»Tag, Mrs. Dougherty«, sagte Roger. »Was passiert?«

»Nichts Wichtiges«, sagte die Wirtin und wandte sich wieder dem Polizisten zu. »Nicht daß er neu gewesen wäre«, erklärte sie dem Dicken. Roger öffnete die Flurtür. »Aber immerhin fünfzig oder sechzig Dollar wert, glaube ich wenigstens. Viel schlimmer, daß irgend so ein Lump einfach in den Keller konnte und...«

Roger zog die Tür zu und stieg die Treppen zu seinem Zimmer hinauf.

Er hatte gerade seinen Mantel ausgezogen, da klopfte es an der Zimmertür.

»Wer ist da?« fragte Roger.

»Ich bin's. Fook.

»Wer?«

»Fook. Fook Shanahan. Machen Sie doch auf.«

Roger schloß die Tür auf. Fook war ein kleiner, scharfäugiger Mann, etwa fünfundvierzig Jahre alt. Er trug ein weißes Hemd unter einer offenen, braunen Wollweste. Mit verschwörerischem Grinsen schlüpfte er in Rogers Zimmer, zog sofort die Tür zu und schloß wieder ab.

»Haben Sie die Bullen gesehen?«

»Ja«, bestätigte Roger.

»Toll, was?« meinte Fook. Seine Augen leuchteten.

»Was wollen die denn hier?«

»Ja, wissen Sie noch nicht, was passiert ist?«

»Nein. Was denn?«

»Jemand hat die alte Hyäne beraubt.«

»Wen?«

»Die Dougherty, unsere gute Wirtin. Was dachten Sie denn, wen ich meine?«

»Das ist doch eine sehr nette Frau«, sagte Roger entrüstet.

»O jemine, was für ein Unschuldslamm.« Fook mußte husten. »Was für ein harmloses, großes Unschuldslamm«, wiederholte er.

»Zu mir war sie jedenfalls sehr nett«, verteidigte Roger seinen Standpunkt.

»Das kommt, weil Sie erst seit ein paar Tagen hier sind. Ich wohne sechs Jahre in diesem Loch. Sechs Jahre. Ich sag' Ihnen aus Erfahrung, sie ist eine verdammte, alte Hyäne. Und ein Geizhals dazu. Kurz, die widerlichste alte Ziege, die je Gottes Erdboden verschandelte. Das können Sie mir schon glauben.«

»Wie Sie meinen«, Roger zuckte resigniert die Schultern.

»Endlich hat die mal einer bestohlen«, triumphierte Fook.

»Was ist denn geklaut worden?«

»Noch lange nicht genug«, meinte Fook. »Haben Sie übrigens was zu trinken?«

»Zu trinken? Nein, tut mir leid.«

»Bin gleich wieder da.«

»Wohin wollen Sie denn plötzlich?«

»In mein Zimmer. Dort steht eine Flasche. Haben Sie Gläser?«

»Nur mein Zahnputzglas.«

»Dann werde ich meins mitbringen«, sagte Fook und verschwand.

Das wär's also, dachte Roger. Irgendwann mußte sie es ja merken. Aber so bald, das hätte er nicht gedacht. Daß sie auch gleich die Polizei gerufen hatte?

Er hätte wirklich vorsichtiger sein müssen.

Aber es war doch im Augenblick der einzige Ausweg gewesen.

An der Tür klopfte es wieder.

»Herein«, rief Roger.

Fook kam mit einer halbgefüllten Flasche Bourbon und einem Wasserglas hereinspaziert, stellte die Flasche auf die Kommode und holte im Geschwindschritt Rogers Zahnputzglas vom Waschbecken. Dann hob er die Flasche.

»Sagen Sie nur, wenn's genug ist.«

»Ich trinke selten.«

»Ich auch«, antwortete Fook und schenkte Roger augenzwinkernd das Wasserglas halb voll.

»Viel zuviel für mich«, protestierte der.

»Dann nehme ich es eben«, meinte Fook und goß auch in das andere Glas Whisky.

»Genug!« rief Roger.

»Das lohnt doch gar nicht, schließlich haben wir was zu feiern.«

»Was denn?«

Fook goß noch einen Fingerbreit Whisky dazu und gab Roger das Glas. »Trinken wir auf Mrs. Doughertys Verlust. Hoffentlich ist das alte Miststück nicht gegen Diebstahl versichert.« Fook kniff das rechte Auge vielsagend zu, hob das Glas an den Mund und schluckte herzhaft. »Möge dies nur der erste einer langen Reihe von Diebstählen in dieser Bruchbude sein. Möge ein lieber, guter Dieb morgen nacht wieder in ihren Keller schleichen und diesmal möglichst die Badewanne klauen. Nächstes Mal dann den Ölbrenner, das Mal danach die schäbige Unterwäsche, die sie da unten immer auf die Leine hängt. Ach, wenn sich doch alle Diebe dieser lausigen Stadt in Mrs. Doughertys altem Keller ein Stelldichein geben und ihr ein Stück nach dem anderen stehlen könnten, bis ihr nur noch die Fetzen am Leibe blieben!« schwelgte Fook. »Mein Freund, Sie trinken ja gar nicht.«

»Doch, ich trinke schon«, sagte Roger und nippte an seinem Bourbon.

»Einen Eisschrank«, stellte Fook fest. »Komisch, daß jemand in Mrs. Doughertys Keller einbricht und ausgerechnet einen Eisschrank klaut, so ein ganz altes Ding, das da schon wer weiß wie lange Staub angesetzt hatte. Das wirft eine Menge Fragen auf.«

»Welche Fragen?«

»Na, zunächst mal: Wie konnte überhaupt jemand wissen, daß die Alte einen großen Eisschrank im Keller stehen hatte? Wie oft sind Sie zum Beispiel schon im Keller gewesen?«

»Noch nie«, beteuerte Roger.

»Sehen Sie, genau, was ich sagen will. Ich habe sechs lange

Jahre in diesem feuchten Loch gelebt und war nur zweimal da unten. Einmal, um einen alten Koffer in ein Regal zu stellen, und das zweite Mal, als Mütterchen Dougherty eine Ratte entdeckte, einmal kurz und markzerreißend kreischte und dann aus den Pantinen kippte. Ich sah nach und fand die dürre Hexe der Länge nach auf dem Fußboden liegen. Wirklich kein Anblick für unsereinen. Kommen Sie, trinken wir noch einen.«

»Ich hab' mein erstes Glas noch nicht leer.«

»Was ich also sagen wollte, wie konnte jemand wissen, daß da unten ein Eisschrank stand? Das ist Frage Nummer eins. Wenn es aber jemand wußte, mußte er auch wissen, daß das ein uraltes Ding war, Jahrgang 39 oder 40, wenn's hoch kommt. War vielleicht noch zehn Dollar wert, allenfalls. Warum sollte also jemand sich die Mühe machen, dieses altersschwache Ding mitzunehmen, um so mehr, als man sich glatt einen Bruch dran heben konnte?« Fook goß sich sein Glas noch mal voll und sinnierte weiter: »Das heißt, ein normal großer Mann, wie zum Beispiel ich. Einer von Ihrer Größe hätte das Ding fast mit dem kleinen Finger heben können.«

»Na, ich weiß nicht«, meinte Roger.

»Wie auch immer«, faßte Fook seine Kombinationen zusammen. »Frage eins, wie konnte jemand von dem Ding da unten wissen, Frage zwei, warum wollte jemand ein altes Wrack von Eisschrank stehlen, das höchstens fünf oder sechs Dollar wert ist?«

»Vielleicht brauchte er das Ding gerade«, schlug Roger als Ausweg vor.

»Wozu?«

»Weiß ich auch nicht.«

»Naja, Hauptsache, es wurde gestohlen«, meinte Fook gütig. »Schade, daß der Dieb so bescheiden war. Sieht der alten Hexe übrigens ähnlich. Schreit sofort nach den Bullen, auch wenn nur ein alter Blechhaufen geklaut wurde. Wegen diesem Dreck hält sie jetzt die ganze Polizeistreitmacht in Atem.«

»Es waren doch nur zwei Bullen«, warf Roger ein.

»Das ist erst der Anfang«, klärte ihn Fook auf. »Das sind die von der Streife. Dann kommen die Kriminalen. Warten Sie nur ab, das ist bei Einbrüchen immer so. Die werden dann den ganzen Tag hier herumschnüffeln und jeden das unsinnigste Zeug fragen. So verschwendet man Zeit und Geld des Steuerzahlers. Und das alles für einen lausigen, alten Eisschrank, der im offenen Handel nicht einmal zweieinhalb Dollar bringen würde. Kommen Sie, wir trinken noch einen.«

»Ja gern, danke«, sagte Roger und hielt sein Glas hin.

9

Das Klopfen weckte Roger. Er fuhr hoch. Fook war so gegen drei Viertel drei gegangen, mit der fast leeren Whiskyflasche unterm Arm. Roger hatte nur zwei Glas getrunken, aber er war nicht dran gewöhnt und mußte wohl kurz darauf eingenickt sein. Wie spät es sein mochte? Sehr viel später bestimmt noch nicht. Er setzte sich im Bett auf und ließ den Blick durchs Zimmer schweifen, noch ganz verschlafen. An der Tür klopfte es zum zweitenmal recht energisch.

Roger blinzelte erstaunt. »Wer ist da?« rief er.

»Polizei.«

Polizei... dachte Roger. »Augenblick«, sagte er laut.

Wahrscheinlich in Sachen Kühlschrank. Fook hatte ja schon prophezeit, daß die Detektive bald herumschwirren und Fragen stellen würden. Roger schwang seine langen Beine aus dem Bett, tapste zur Tür und versuchte den Schlüssel umzudrehen. Die Tür war gar nicht abgeschlossen.

Draußen standen zwei Männer. Der eine sehr groß, der andere kurz und gedrungen. Der Große hatte feuerrotes Haar mit einer weißen Strähne an der rechten Schläfe.

»Mr. Broome?« fragte der Kurze.

»Ja?«

»Ich bin Detektiv Willis. Das ist mein Kollege, Detektiv Hawes. Würden Sie uns wohl ein paar Fragen beantworten?«

»Klar, kommen Sie nur rein«, meinte Roger.

Er gab die Tür frei. Erst kam Willis herein, dann Hawes. Der lange Detektiv schloß die Tür hinter sich. Roger setzte sich auf die Bettkante und deutete einladend auf die beiden einzigen Stühle im Zimmer. »Nehmen Sie doch bitte Platz.«

Willis setzte sich auf den Holzstuhl. Hawes blieb dahinter stehen und stützte eine Hand auf die Kommode. Beide trugen schwere Wintermäntel. Willis hatte seinen zugeknöpft, der andere ließ ihn offen hängen. Er hatte darunter ein buntkariertes Sportsakko. Wo die Jacke auseinanderklaffte, konnte Roger den ledernen Pistolengurt erkennen.

»Mr. Broome«, begann Willis, »Ihre Wirtin hat uns eine Liste der Mieter gegeben. Wir fragen nun alle nacheinander. Nur Routine. Sie werden wohl gehört haben, daß letzte Nacht ein Eisschrank aus dem Keller gestohlen wurde?«

»Ja.«

»Wie haben Sie davon erfahren, Mr. Broome?« Das war Hawes.

»Fook hat es mir erzählt, Fook Shanahan. Der wohnt unten im Erdgeschoß.«

»Fook?« fragte Hawes erstaunt.

»Sein richtiger Name ist, glaube ich, Frank Hubert Shanahan oder so ähnlich. Fook ist nur ein Spitzname.«

»Ach so«, sagte Hawes. »Wann hat er Ihnen von der Sache erzählt, Mr. Broome?«

»Das weiß ich nicht mehr so genau. Wie spät ist es jetzt?«

Willis sah auf seine Uhr. »Drei.«

»Also vor etwa einer halben Stunde, soviel ich mich erinnern kann. Er kam rein, um es mir zu erzählen, und dabei haben wir ein paar Gläser getrunken.«

»Aber vorher hatten Sie nichts davon gewußt?«

»Nein. Natürlich hab' ich gemerkt, daß irgendwas nicht stimmt. Da waren die Polizisten unten in der Halle, als ich nach Hause kam.«

»Aber was genau passiert war, wußten Sie erst, als Mr. Shanahan Ihnen von dem Eisschrank erzählte?«

»Stimmt.«

Die beiden Kriminalbeamten sahen ihn schweigend an. Roger dachte schon, sie wüßten nichts weiter zu fragen. Aber dann räusperte sich Willis.

»Sie haben doch wohl gemerkt, Mr. Broome, daß das alles nur Routine ist und wir Sie nicht im geringsten verdächtigen...«

»Aber natürlich«, stimmte Roger zu.

»Das logischste ist nämlich immer, zuerst die Hausbewohner auszufragen. Die konnten schließlich ungehindert in den Keller.«

»Das leuchtet ein.«

Wieder dreifaches Schweigen.

»Mr. Broome, könnten Sie uns sagen, wo Sie letzte Nacht waren?«

»Wann denn, letzte Nacht?«

»Also, fangen wir mit dem Abendessen an. Wo haben Sie zu Abend gegessen?«

»Weiß ich wirklich nicht mehr genau. Irgendwo hier in der Nähe. Ein kleines italienisches Restaurant.« Roger grübelte. »Ich kenne mich in der Stadt nicht so gut aus, wissen Sie. Komme nur selten her. Auch diesmal war ich nur wenige Tage hier.«

»Was haben Sie in der Stadt gemacht, Mr. Broome?«

»Holzartikel verkauft.«

»Wieso das?«

»Wir haben zu Hause einen Laden und eine Werkstatt. Dort stellen wir kleine Tische, Schüsseln, Holzlöffel und andere Sachen her. In der Stadt verkaufen wir das Zeug dann.«

»Wann wollen Sie wieder nach Hause fahren?«

»Eigentlich heute abend schon. Ich hab' gestern nämlich alles verkauft.«

»Woher sind Sie, Mr. Broome?«

»Aus Carey. In der Nähe von Huddleston«, fügte Roger automatisch hinzu.

»Ach da«, sagte Hawes.

»Kennen Sie die Gegend?«

»Ich bin da oben schon Ski gelaufen.«

»Ach, wirklich?« fragte Roger erfreut.

»Ja. Hübsche Gegend.«

»Unser Laden liegt an der Landstraße 190, etwas östlich von Huddleston. Die Abzweigung kurz vor der Bergstraße.«

»Ach so«, sagte Hawes.

»Komisch, nicht?« meinte Roger. »Die Welt ist klein.«

»Allerdings«, pflichtete Hawes bei.

Willis kam wieder zur Sache. »Wann etwa waren Sie in dem Restaurant?«

»Muß so gegen fünf gewesen sein.«

»So früh?«

»Zu Hause essen wir immer früh. Ich bin's so gewöhnt.«

»Was haben Sie nach dem Essen gemacht?«

»Da war ich wieder hier in meinem Zimmer.«

»Wann sind Sie zurückgekommen?«

»Halb sieben ungefähr.«

»Sind Sie dann den Abend über im Zimmer geblieben?«

»Nein.«

»Wohin sind Sie gegangen?«

»In eine Bar.«

»Wo?«

»Auch ganz in der Nähe. Nicht mehr als sechs oder sieben Ecken entfernt, ungefähr im Süden der Zwölften Straße.«

»Können Sie sich an den Namen der Bar erinnern?«

»Nein, tut mir leid. Ich wollte eigentlich nur spazierengehen. Dann bin ich in die Kneipe gegangen, weil mir kalt war. Ich trinke sonst äußerst selten.«

»Aber Sie haben doch eben gerade mit Mr. Shanahan getrunken oder etwa nicht?« wollte Hawes wissen.

»Ja schon, das stimmt«, gab Roger zu. Er mußte lachen. »Wir haben doch gefeiert.«

»Weshalb?«

»Eigentlich sollte ich es ja nicht sagen. Sie könnten es in die falsche Kehle bekommen.«

»Wieso, worum geht's denn?« fragte Hawes und grinste freundlich.

»Nun ja, Fook kann Mrs. Dougherty nicht riechen, wissen Sie. Er hat sich richtig gefreut, daß jemand ihren alten Eisschrank klaute.« Roger mußte lachen. »Deshalb wollte er feiern und brachte den Schnaps mit.«

»Könnte er den Eisschrank am Ende selbst gestohlen haben?« fragte Willis.

»Wer? Fook? Nein, ganz bestimmt nicht. Der würde so was nie tun. Er freut sich nur, daß es passiert ist, mehr nicht. Hören Sie mal, ich will dem armen Fook keine Schwierigkeiten machen. Er ist ein netter Kerl. Ganz und gar kein Dieb, das können Sie mir glauben.«

»So, so«, meinte Willis. »Wann sind Sie aus der Bar weggegangen, Mr. Broome?«

»Vielleicht um Mitternacht, ich weiß nicht mehr genau. Ungefähr Mitternacht.«

»Haben Sie eine Uhr?«

»Nein.«

»Dann können Sie also auch nicht sicher sein, ob es Mitternacht war?«

»Es muß ungefähr so spät gewesen sein. Ich war gerade sehr müde geworden, und das passiert mir immer gegen Mitternacht.«

»Waren Sie allein?« fragte Hawes.

»Ja«, antwortete Roger prompt. Er sah die beiden Detektive unerschrocken an. Ob die wohl gemerkt hatten, daß er sie eben zum erstenmal belogen hatte?

»Was taten Sie nach dem Barbesuch?«

»Bin sofort hierhergekommen.« Das stimmte wirklich. Er war schnurstracks auf sein Zimmer gegangen.

»Und dann?«

»Sofort ins Bett.« Das war ebensowenig gelogen.

»Sind Sie gleich eingeschlafen?«

»Nicht sofort.« Das war mehr oder weniger immer noch die Wahrheit.

»Wann sind Sie eingeschlafen?« fragte Hawes.

»Das weiß ich nun wieder nicht. Nach einer halben Stunde vielleicht. Kann aber auch eine Stunde gewesen sein. So was ist schwer zu sagen, das wissen Sie doch selbst.«

»Mmm«, überlegte Willis. »Da haben Sie wohl recht. Haben Sie denn irgendwas Auffälliges gehört, bevor Sie einschliefen?«

»Was meinen Sie mit auffällig?«

»Na, ungewohnte Geräusche.«

»Welcher Art?«

»Irgendwelche. Was sonst nicht zu hören ist.«

»Nein, ich habe nichts gehört.«

»Hat Sie nachts mal irgendwas geweckt?«

»Nein.«

»Auch draußen nichts Ungewöhnliches, auf der Straße, meine ich? Vielleicht Männerstimmen, oder jemand, der sich mit einer schweren Last abschleppte?«

»Nein, bestimmt nicht.«

»Oder daß irgendein schwerer Gegenstand nachgezogen wurde?«

»Nein. Wir sind hier schließlich im dritten Stock«, erinnerte Roger seine Besucher. »Wenn man da von der Straße was hören will, muß man sich mächtig anstrengen. Auch wenn man wach liegt.« Roger machte eine Pause. »Und ich habe einen Schlaf wie ein Murmeltier. Übrigens, könnten Sie mir sagen, wie spät es ist?«

Willis sah auf die Uhr. »Zehn nach drei.«

»Danke schön.«

»Haben Sie eine Verabredung, Mr. Broome?«

»Ja. Ich will mich mit jemand treffen.«

»Was, glauben Sie, war der Eisschrank wohl wert?« ließ sich Hawes plötzlich vernehmen.

»Weiß nicht«, antwortete Roger prompt. »Hab' ihn nie gesehen.«

»Sind Sie nie im Keller gewesen?«

»Nein.«

»Mrs. Dougherty schätzt den Wert auf fünfzig Dollar«, warf Willis ein. »Könnte das ungefähr stimmen?«

»Ich hab' ihn nie gesehen«, beharrte Roger auf seinem Standpunkt. »Deshalb weiß ich es wirklich nicht. Fook sagt aber, er war nicht mehr als ein paar Dollar wert.«

»Wir reiten auch nur darauf rum«, erklärte Willis, »weil der Wert des Gegenstandes bei der Anklageerhebung eine Rolle spielen kann.«

»Wieso?«

»Wenn der Wert unter fünfundzwanzig Dollar liegt, ist es nur geringfügiger Diebstahl.«

»Ach so«, meinte Roger.

»Wenn allerdings nachts jemand überfallen und beraubt wird, ist es automatisch schwerer Diebstahl, unabhängig vom Wert des Gegenstandes.« Willis setzte seine Lektion fort. »Aber wenn etwas aus einem Haus gestohlen wurde –«

»Was dann?«

»Dann muß der Wert schon höher liegen als fünfundzwanzig Dollar, damit ein schwerer Diebstahl daraus gemacht werden kann.«

»Oh«, äußerte Roger.

»Ja. Schwerer Diebstahl ist ein Verbrechen. Das wissen Sie ja wohl. Dafür kann es bis zu zehn Jahre geben.«

»Wirklich?« Roger war höflich interessiert. »Für nur fünfundzwanzig Dollar? Junge, Junge.«

»Ja.« Willis sah Hawes an. »Hast du noch Fragen an ihn?«

»Sind das die einzigen Fenster?«

»Die da? Ja, das sind die einzigen.«

»Keine zum Hinterhof?«

»Nein.«

»Ich kann mir einfach nicht vorstellen«, meinte Hawes, »wie jemand den schweren Eisschrank den weiten Weg vom Hinterhof zur Straße schleppen konnte. Wahrscheinlich haben sie einen Lastwagen über die Hintergasse zur Kellertür manövriert. Ja, so muß es gewesen sein.« Er zuckte die Schultern. »Aber Mr. Broome kann davon sowieso nichts gehört haben. Seine Zimmer gehen auf die Straße.«

»Richtig«, sagte Roger.

Willis seufzte tief. »Sie haben uns sehr geholfen, Mr. Broome. Wir danken Ihnen.«

»Hoffentlich haben wie Sie nicht von Ihrer Verabredung abgehalten«, fügte Hawes hinzu.

»Nein, sie wartet erst um halb vier auf mich«, erklärte Roger.

»Also nochmals vielen Dank«, sagte Willis.

»Stets zu Diensten.« Roger brachte die beiden an die Tür. »Werden Sie mich noch mal brauchen?«

»Nein, ich glaube nicht«, sagte Hawes. Er wandte sich Willis zu. »Was meinst du?«

»Kaum, Mr. Broome. Sie haben doch verstanden, daß das nur Routine –«

»Aber klar«, versicherte Roger.

»Den Eisschrank hat wahrscheinlich irgend so ein Rauschgiftsüchtiger aus der Nachbarschaft geklaut«, sagte Hawes.

»Oder ein Kind«, ergänzte Willis. »Oft sind es Kinder.«

»Hier in der Gegend wird eine Menge geklaut. Meistens sind wir machtlos, es sei denn, wir können Zeugen auftreiben.«

»Manchmal schnappen wir auch bei irgendeiner Gelegenheit einen, und der gibt dann plötzlich zu, daß er damals, im Februar, aus einem Keller einen Eisschrank geklaut hat. Wir versuchen eben, irgendwie Schritt zu halten.«

»Dann mal viel Glück.« Roger öffnete seinen Besuchern die Tür.

»Und was Sie betrifft«, wandte sich Hawes noch einmal um, »so können Sie die ganze Angelegenheit ruhig vergessen. Fahren Sie nach Hause oder bleiben Sie noch ein paar Tage, ganz wie Sie wollen. Wie werden Sie nicht mehr belästigen.«

»Fein, danke sehr«, freute sich Roger.

»Danke Ihnen, daß Sie uns Ihre Zeit geopfert haben, Sir«, sagte Hawes.

»Ja, herzlichen Dank«, ließ sich auch Willis vernehmen.

Die beiden trollten sich. Roger schloß sorgfältig hinter ihnen die Tür, wartete, bis die Schritte verhallt waren, und drehte dann den Schlüssel um.

In der letzten Kommodenschublade lag Mollys Schal.

10

Sie waren kurz nach Mitternacht in der Pension angekommen. Leise und vorsichtig stiegen sie die Treppen zum dritten Stock empor, schlichen sich an Fooks Zimmer vorbei und blieben vor Rogers Tür stehen. Er kramte den Schlüssel hervor und schloß behutsam auf. Sie schlichen sich über die Schwelle, und Roger zog die Tür sacht hinter sich zu. Nach längerem Tasten fand er den Lichtschalter. Molly war ein wenig überrascht, daß er gar nicht versucht hatte, sie im Dunkeln zu küssen.

»Sehr hübsches Zimmer«, meinte sie und schaute sich gründlich um. »Wirklich sehr hübsch.«

»Danke«, freute sich Roger. Beide sprachen im Flüsterton. Niemand hatte sie in das Haus kommen sehen, und niemand wußte, daß sie jetzt zusammen in Rogers Zimmer waren. Trotzdem benahmen sie sich, als ob alle Nachbarn schon vor der Tür stünden und lauschten.

»Auch nicht zu klein«, meinte Molly.

»Nein. Groß genug für eine Person.«

»Stimmt«, sagte Molly. Sie zog Mantel und Schal aus und legte sie über die Sessellehne. »Wirklich, es gefällt mir. Vielleicht ziehe ich um. Glauben Sie, daß hier noch Zimmer frei sind?«

»Keine Ahnung«, antwortete Roger. »Aber dies hier wird morgen frei. Ich fahre zurück nach Carey.«

»Ach ja. Hätte ich beinahe vergessen.«

»Ja, ich fahre zurück.« Roger nickte entschlossen.

Molly setzte sich auf die Bettkante. »Zu schade, daß Sie schon so schnell wieder abreisen.«

»Warum sollte ich länger bleiben? Ich habe hier alles erledigt, und meine Mutter wartet auf mich.«

»Schon gut«, beschwichtigte Molly. »Sehr bequem. Das Bett, meine ich.«

»Kein schlechtes Bett«, stimmte Roger zu.

»Fühlt sich wirklich bequem an. Ich hasse bucklige Matratzen, Sie auch?«

»Ja.«

»Zu weich dürfen sie auch nicht sein.«

»Die ist gerade richtig. Ich schlafe darauf wie ein Bär.«

Molly lehnte sich unvermutet zurück, schwang die Beine aufs Bett und verschränkte die Arme über dem Kopf. »Mmm.« Sie räkelte sich wohlig. »Das tut gut. Wenn ich mich nicht in acht nehme, schlafe ich gleich ein.«

»So, so«, meinte Roger grinsend.

»Wissen Sie, was das Schlimmste an der ewigen Arbeitssuche ist?«

»Was denn?«

»Die Füße. Die tun jeden Tag mehr weh. Meine Füße bringen mich noch um. Was dagegen, wenn ich die Schuhe ausziehe?«

»Bitte sehr.«

»Ich geh' auch gleich wieder, nur ein paar Minuten.« Molly setzte sich auf und kreuzte die Beine. Dann zog sie ihre hochhackigen Pumps aus. »Aber für die kurze Zeit kann ich es mir doch auch bequem machen, nicht?«

»Klar.«

»Ahhh«, seufzte Molly zufrieden und wackelte mit den Zehen. »Das ist herrlich.« Sie sah Roger erstaunt an. »Wollen Sie denn gar nicht Ihren Mantel ausziehen?«

»Ich dachte doch, ähh, ich dachte –«

»Ich habe schon noch ein paar Minuten Zeit«, beruhigte ihn Molly. »Wir brauchen doch nicht gleich wieder loszuhetzen. Das heißt, wenn es Ihnen nichts ausmacht.«

»Nein, gar nicht.«

»Außerdem ist es so schön ohne Schuhe.« Molly lächelte und dehnte sich wie eine Katze.

»Machen Sie es sich nur bequem«, sagte Roger. Er zog seinen Mantel aus und ging zum Schrank. »Tut mir leid, kann Ihnen nichts zu trinken anbieten, nichts da.«

»Nicht schlimm. Ich trinke sowieso nur selten.«

Er hängte seinen Mantel sorgfältig auf den einzigen Bügel, nahm Mollys Zeug vom Lehnstuhl und legte es über seinen Mantel, obendrauf den Schal. Dann verstaute er alles sorgfältig im Schrank. »Wenn die Läden noch offenhätten, würde ich was zu trinken holen. Aber so –«

»Ich bin auch so zufrieden. Hoffentlich haben Sie nicht den Eindruck bekommen, daß ich dauernd trinke.«

»Nein, bestimmt nicht.«

»Wäre auch falsch. Ich trinke sonst nur ab und zu in Gesellschaft. Aber das Herumlaufen in der Stadt hat mich so deprimiert, daß ich eine Ausnahme gemacht habe, heute. Es ist wirklich trostlos.«

»Kann ich mir vorstellen.«

»Junge, Junge, tut das gut, ohne die Schuhe.« Molly lehnte sich zurück und stützte sich auf einen Ellbogen, um ihn besser beobachten zu können. Sie lächelte. »Ist das hier das einzige Licht im Zimmer?«

»Wie bitte?«

»Das Licht. Es ist recht grell.«

»Da steht noch eine Lampe auf der Kommode«, sagte Roger. »Soll ich die –«

»Ach ja, bitte. Wenn ich so liege, sehe ich direkt ins Licht.« Roger ging zur Kommode, stellte die kleine Lampe an und knipste das Deckenlicht aus. »Besser so?«

»Viel besser.« Molly schloß die Augen und legte sich zurück. »Ich schlafe wirklich gleich ein.«

»Ist doch noch früh«, gab Roger zu bedenken.

»Die Nacht ist jung«, deklamierte Molly und kicherte. »Wäre doch ulkig, wenn Ihre Wirtin morgen früh reinkäme und ein fremdes Mädchen im Bett fände.«

»Sie kommt nie hier rein. In diesem Haus stört einen niemand.«

»Sie haben also schon mal fremde Mädchen mit hierhergebracht?« hakte Molly sofort ein.

»So hab' ich das nicht gemeint.«

Molly kicherte wieder. »Ich mach doch auch nur Spaß.« Sie öffnete die Augen und sah ihn feierlich an. »Wissen Sie, was ich bin? Ein einziger, großer Spaßvogel. Mit mir kann jeder viel Spaß haben.«

Roger blieb stumm.

»Wissen Sie, wie ich das meine?«

»Ich bin mir nicht sicher«, antwortete Roger.

Sie lächelte und setzte sich plötzlich kerzengerade auf, wobei sie die Beine wieder auf den Boden stellte. »Ich verknautsche nur Ihre Bettdecke. Die Wirtin wird darüber sehr böse sein. Vielleicht hat sie nichts gegen fremde Mädchen in den Zimmern einzuwenden. Aber ich wette, gegen verkrumpelte Bettdecken und Lippenstift auf dem Kissen hat sie doch was.«

»Auf meinem Kopfkissen hat sie nie Lippenstift gefunden.«

»Nein, und wir werden ihr auch nichts zu finden geben.« Molly patschte in Strümpfen zur Kommode und holte ein Tuch aus ihrer Tasche. Vor dem Spiegel rieb sie sich den

Lippenstift vom Mund. »So«, stellte sie fest und lächelte Roger an. Ihm wurde es langsam zuviel, wie sie sich hier einnistete. Als ob ihr der Laden gehörte. Mißtrauisch beobachtete er Molly, die zum Bett zurückging, die Decke hochschlug und das Kissen zurechtklopfte. »So«, sagte sie zum zweitenmal und setzte sich wieder auf die Bettkante.

Sie lächelte Roger einladend an. »So, da wären wir also.«

Schweigen. Roger blieb stumm wie ein Fisch.

»Willst du eigentlich nicht mit mir schlafen?« fragte Molly schließlich.

»Deshalb habe ich dich nicht hier raufgebracht«, antwortete Roger schnell.

Molly lächelte immer noch, aber mit Mühe. Ihr Gesicht war jetzt wie eine starre, grinsende Maske. Sie war verletzt und schämte sich auch. Das war nicht Rogers Absicht gewesen. Er wollte es irgendwie wiedergutmachen. Auf der anderen Seite hatte er aber keine große Lust, auf ihr freimütiges Angebot einzugehen. Sie war halt keine Schönheit.

»Was ich sagen wollte: Ich habe dich nicht hier raufgebracht, um dein Vertrauen auszunutzen«, korrigierte sich Roger. »Ich wollte dir nur das Zimmer zeigen, weil –«

»Ich weiß, ich weiß.«

»Weil du vielleicht hier einziehen wolltest.«

»Groß genug ist das Zimmer wirklich«, fiel Molly ein.

»Ich hatte wirklich nicht vor –«

»Und das Bett ist sehr bequem.«

»– dich auszunutzen, denk das nur nicht.«

»Denk' ich auch nicht.«

»Gut, denn –«

»Du würdest mich nämlich gar nicht ausnutzen«, stellte Molly fest.

Er starrte sie stumm an.

»Ich hab' eine Menge zu bieten«, lockte Molly.

Er schwieg immer noch.

Molly stand plötzlich auf. Kurzentschlossen zog sie ihre

Bluse aus dem schwarzen Rock und begann sie aufzuknöpfen. Auf Roger wirkte das irgendwie ulkig. Da stand sie neben dem Bett. Ihr rotes Haar leuchtete im Schein der Lampe. Knopf für Knopf öffnete sie die Bluse. Die Augen in dem häßlichen Gesicht blickten ernst und feierlich unter den falschen Wimpern und den gemalten Augenbrauen. Langsam kamen die falschen Brüste in ihrem gepolsterten Halter zum Vorschein. Sie warf die Sachen hinter sich auf das Bett und ließ den Rock fallen. Dann entledigte sie sich auch ihrer restlichen Kleidung und ging auf Roger zu. Der starrte. Ein häßliches Mädchen. Schlechte Figur, winzige Brüste. Hüften viel zu umfangreich. Wirklich nichts Aufregendes an ihr. Roger verspürte nicht die geringste Lust. Aber Molly kam in seine Arme. Sie fühlte sich sehr warm an.

Sie flüsterten im Dunkeln.

»Manchmal fühle ich mich allein auf der ganzen Welt«, sagte Molly.

»Mir geht es genauso.«

»Ich meine nicht, daß ich keine Eltern mehr habe und Doris in Hawaii ist. Das ist etwas ganz anderes. Ich meine, so richtig allein, ganz allein auf der Welt.«

»Ich weiß.«

»Allein im Innersten.«

»Ja.«

»Sogar, wenn ich mitten unter Leuten bin. Wie zum Beispiel heute abend in der Bar. Bevor du kamst.«

»Um ein Haar hätte ich dich gar nicht mehr angesprochen.«

»Ich bin ja auch nicht hübsch.«

»Du bist sogar schön.«

»Ach bitte, hör auf.«

»Doch, wirklich.«

»Lüg mich doch nicht an.«

»Du bist das schönste Mädchen, das ich jemals gekannt habe.«

»Ahhh«, machte Molly.
»Ja.«
»Ahhh.«
»Molly, du bist schön«, flüsterte Roger.
»Ich bin gut im Bett, das meinst du doch.«
»Das auch, aber –«
»Und damit hat sich's.«
»Nein.«
»Doch, damit hat sich's. Bitte, Roger. Ich weiß es selbst.«
»Woher willst du das wissen?«
Sie winkte ab. »Du bist ein Mann. Und ich weiß, was Männer wollen.«
»Für mich ist das nicht alles.«
Sie rückte näher und vergrub ihr Gesicht in seiner Schulter. Ihre Lippen kitzelten beim Sprechen an seiner Haut. »Du bist der erste Mann, der mich schön nennt.« Nach längerer Zeit: »Roger?«
»Ja?«
»Sag das noch mal.«
»Was?«
»Das von eben.«
»Was denn?«
»Laß mich doch nicht betteln.«
»Du bist schön.«
»Du beschämst mich.«
»Ich möchte dich festhalten«, flüsterte Roger.
»Ja.«
»Und dich küssen.«
Molly kam in seine Arme.

Mollys Schal lag in der untersten Kommodenschublade. Roger holte ihn ans Licht. Er schien aus Nylon zu sein, war hellblau, fast durchsichtig. Außer dem Schal waren keine Kleidungsstücke von Molly mehr im Zimmer. Er hatte ihn später neben der Schranktür gefunden. Wahrscheinlich war der Schal vom Bügel gefallen, als er ihren Mantel holen ging.

Roger sah den Schal forschend an und überlegte, was er damit machen sollte. Wenn die zwei Detektive nun zurückkamen, neue Fragen stellten und vielleicht auch das Zimmer durchsuchten? Dazu brauchten sie aber einen Durchsuchungsbefehl, soviel er wußte. Aber stimmte das auch? Wenn sie nun wiederkamen, während er mit Amelia unterwegs war? Er mußte den Schal unbedingt loswerden, soviel stand fest.

Oder doch nicht. Er konnte ihn ja auch einfach mitnehmen, wenn er ins Polizeirevier ging. Das würde die Sache vielleicht sogar leichter machen. Wenn er den Schal dabeihatte, konnte er besser von Molly erzählen. Er wollte reingehen und nach dem Detektiv mit der taubstummen Frau fragen. Die anderen mochte er nicht, weder Parker vom Schnellimbiß noch die beiden, die gerade bei ihm gewesen waren.

Da fiel ihm wieder Amelia ein.

Aber erst muß ich den Schal loswerden, dachte Roger. Fragt sich nur, wie.

Wenn ich ihn nun in kleine Stücke schneide und in die Toilette werfe? Das wäre wohl am besten. Nur, leider habe ich keine Schere, nicht mal ein Messer. Vielleicht kann ich ihn zerreißen.

Er faßte den Schal fest mit beiden Händen und zerrte. Aber es ging nicht, denn das Tuch war mit einem dicken Saum eingefaßt. Schließlich nahm er ein Ende in den Mund und zerfetzte den Saum mit den Zähnen. Jetzt ließ sich der Schal mitten durchreißen. Roger begann damit, hielt aber plötzlich inne. Am Ende war es doch nicht ratsam, das Tuch in die Toilette zu werfen. Es konnte sie leicht verstopfen, und dann hatte er den Salat.

Er trat zur Kommode. Im Aschenbecher neben der Lampe lag ein Streichholzheft. Er ging mit den Zündhölzern und dem Schal leise über den Flur zum Badezimmer. Dort zündete er ein Hölzchen an und hielt mit der anderen Hand den

Schal über die Schüssel. Das Ende hing fast im Wasser. Er wollte den Schal gerade anzünden, als draußen jemand seinen Namen rief.

Es war die Stimme von Mrs. Dougherty. Sie rief anscheinend von unten. Wie die bloß gemerkt hatte, daß er gerade dabei war, in ihrem Badezimmer ein Feuerchen zu machen? Er ließ das Streichholz schnell in die Toilette fallen und schlich sich zurück in sein Zimmer. Dort knäulte er den Schal zusammen und verstaute ihn eilig wieder in der untersten Kommodenschublade.

Unten rief Mrs. Dougherty immer noch seinen Namen. »Mr. Broome, Mr. Broome, Mr. Brooooome!«

Roger öffnete die Tür. »Ja, was gibt's denn?«

»Ah, Mr. Broome. Endlich. Telefon für Sie.«

»Was? Für mich?«

»Ja. Ein Anruf für Sie.«

»Wer ist dran?«

»Weiß nicht. Eine Frau.«

Bestimmt meine Mutter, dachte Roger. Da haben wir's. Wie sie wohl die Nummer herausbekommen hat?

»Komme sofort«, rief Roger. Er schloß die Tür, lief zur Kommode, zog die Schublade wieder heraus und schob den zusammengeknüllten Schal ganz nach hinten. Dann verließ er das Zimmer. Der Münzfernsprecher hing im ersten Stock auf dem Treppenabsatz an der Wand. Daneben wartete Mrs. Dougherty.

»Waren die Detektive auch bei Ihnen?« wollte sie wissen.

»Ja.«

»Nette Kerle, nicht wahr?«

»Ja, ganz nett. Sind sie noch im Hause?«

»Sie sprechen gerade mit Mrs. Ingersol im fünften Stock.«

»Dann sind sie wohl fast fertig«, meinte Roger. Er nahm der Wirtin den Hörer aus der Hand. »Danke.«

»Glauben Sie, daß die meinen Eisschrank zurückbringen?«

»Wollen's hoffen«, sagte Roger. »Hallo?«

Mrs. Dougherty nickte lächelnd und stieg die Treppe zum Erdgeschoß hinab. Die Stimme im Telefon fragte: »Roger, bist du's? Hier ist Amelia.«

»Na, so was, Amelia! Was gibt's?«

»Ich kann erst etwas später.«

»Warum?«

»Was dazwischengekommen.«

»Was denn?«

»Erzähl' ich dir dann.«

»Wann kommst du nun?«

»Halb fünf?« fragte Amelia. »Ist dir das zu spät?«

»Nein. Ich bin einverstanden.«

»Am selben Ort?«

»Ja, vor dem Drugstore.«

»Bist du gar nicht neugierig?«

»Worauf?«

»Wie ich deine Telefonnummer bekommen habe?«

»Ja. Wie eigentlich?«

»Gutes Gedächtnis, nicht wahr?«

»Wieso gutes Gedächtnis? Ich hab' dir die Nummer überhaupt nicht gesagt. Ich weiß sie doch selber nicht. Wie bist du drangekommen?«

»Agnes Dougherty«, triumphierte es am anderen Ende der Leitung.

»Wieso?«

»Der Name auf der Valentinskarte. Erinnerst du dich nicht?«

»Richtig«, sagte Roger. »Hatte ich ganz vergessen.«

»Deine Wirtin.«

»Stimmt.«

»Sagst du wenigstens.«

»Ich kann sie dir ja nachher vorstellen.«

»Na klar«, meinte Amelia. »Mir kannst du doch nichts vormachen. Irgendeine große, ältliche Blondine, mit der du in wilder Ehe lebst. Weiß schon Bescheid.«

»Nein«, Roger grinste. »Sie ist wirklich nur meine Wirtin.«

»Weißt du was?«

»Was?«

»Ich mag dich.«

»Ich mag dich auch, Amelia.«

»Fein.«

»Also halb fünf, okay?«

»Ja. … Roger?«

»Ja?«

»Ich mag dich nicht nur so eben.«

»Fein.«

»›Fein!‹ Wenn das keine Abfuhr ist«, lachte Amelia.

»Wieso Abfuhr?«

»Du hättest jetzt sagen müssen, daß du mich auch nicht nur so eben magst.«

»Das stimmt auch.«

»Oh, wie enthusiastisch«, seufzte Amelia. »Okay, bis dann also. Mach inzwischen keine Dummheiten.«

»Will's versuchen«, antwortete Roger ernsthaft.

»Du bist richtig süß«, meinte Amelia und legte auf.

Roger grinste noch eine Weile den Hörer an. Dann ging er in sein Zimmer, kramte Mollys Schal aus der Schublade und nahm ihn mit ins Bad. Dort zündete er ihn über der Toilette an. Zum Schluß setzte er die Spülung in Gang und öffnete das Badezimmerfenster, damit der Rauch abziehen konnte.

11

Es schneite nicht mehr. Über der Stadt lag eine eigenartige Stille. Sie umfing Roger, sobald er den Fuß über die Schwelle setzte. Seine Schritte wurden durch die dicke Schneedecke gedämpft. Ihr Geräusch drang kaum bis zu seinen Ohren herauf. Von weitem kamen die gewohnten Laute des Nachmittags, verstärkt durch das rhythmische Klirren der Schneeketten an den Autoreifen. Ich muß die Ketten an mein Lieferauto montieren, dachte Roger. Er schlug automatisch die Richtung zur Garage ein.

Plötzlich blieb er wie angewurzelt stehen. Wenn ihm der Gedanke an die Ketten kam, hieß das doch, daß er sich innerlich entschieden hatte, nach Hause zu fahren. Denn wohin sollte er sonst fahren als nach Carey, wo seine Mutter wartete?

Aber da waren noch so viele andere Dinge, die ihn hier in der Stadt hielten. Was sollte er nur machen? Plötzlich kam ihm die weiße Stille über der Stadt gar nicht mehr angenehm vor. Sie verwirrte ihn. Er wußte, es war seine Pflicht, seine Mutter anzurufen und dann sofort nach Hause zu fahren. Aber es war ebenso seine Pflicht, zum Polizeirevier zu gehen und mit dem Detektiv zu sprechen, der die schöne, taubstumme Frau hatte. Und dann mußte er auch noch um halb fünf am Drugstore sein, um Amelia zu treffen. Denn Amelia war die schönste Frau, die er je in seinem Leben kennengelernt hatte. Und die durfte er nicht verlieren, ganz egal, ob sie nun farbig war oder nicht. Es störte ihn zwar immer noch etwas, daß Amelia Mischlingsmädchen war, aber längst nicht mehr so sehr wie vor ein paar Stunden. Auf einmal fiel ihm wieder Molly ein. Die war ihm auch plötzlich schön vorgekommen, letzte Nacht, so gegen zwei. Aber das war ganz etwas anderes. Amelia war wirklich schön, alles an ihr war schön – ihre Augen, die Stimme, ihre ganze Art. Und wie sie ihn geküßt hatte! Sie war wirklich ein wunderschönes Mädchen. Da konnte seine Mutter ihn diesmal nicht auf den Arm nehmen, von wegen häßlichen Entchen, die er angeblich immer anschleppte. Diesmal nicht.

Das Verworrene an seiner Lage machte Roger immer mehr zu schaffen. Er mußte unbedingt nach Hause zu seiner Mutter. Schließlich war er nach dem Tod seines Vaters der Ernährer der Familie. Auf der anderen Seite aber stand es für ihn jetzt felsenfest, daß er Amelia nicht verlieren durfte. Dieser Gedanke flößte ihm auch Angst ein. Denn letzte Nacht hatte er irgendwann genau dasselbe Gefühl für Molly gehabt. Er wollte sie richtig kennenlernen und nicht einfach nur mit ihr schlafen. Sie konnte doch nicht nur ein Mädchen sein, das man mal eben mit ins Bett nahm, noch dazu ein sehr häßliches Mädchen. Irgendwo hinter der häßlichen Schale mußte noch eine andere, eine heimliche und sehr hübsche Molly verborgen sein. Das hatte er letzte Nacht überlegt. Und zu diesem Zeitpunkt etwa, erinnerte sich Roger, hatte auch der Krach begonnen.

Er wollte um Himmels willen keinen Krach mit Amelia. Und trotzdem hatte er das Gefühl, daß es nachher Streit mit ihr geben mußte, wie gestern mit Molly. Der Grund war seine Überzeugung, daß er eigentlich zu Hause in Carey sein und für seine Mutter sorgen mußte. Und sich nicht in der Stadt mit hübschen Mädchen einlassen durfte, schon gar nicht mit farbigen Mädchen.

Er mußte unbedingt einen Plan machen, alles der Reihe nach. Was war nun wirklich wichtig? Erst der Polizei die Geschichte mit Molly melden, dann nach Hause fahren zu seiner Mutter. Quatsch. Das ging nicht auf. Wenn er zur Polizei ging, konnte er Amelia nicht treffen. Das hatte zwar den Vorteil, daß er sich nicht mit ihr einlassen konnte und daß dann auch nicht derselbe Ärger zu befürchten war wie gestern mit Molly. Ihn würde nicht wieder diese Wut packen wie letzte Nacht. Aber wenn er zur Polizei ging, konnte er nicht zu seiner Mutter nach Hause fahren. Roger fühlte sich sehr verwirrt.

Ach was, jetzt montier' ich erst mal die Schneeketten an das Auto. Dann werden wir schon weitersehen, sagte er sich.

Der Garagenwärter war klein, hatte schwarze Locken und trug eine alte Bordjacke aus dem Krieg. Die hatte er schon angehabt, als Roger vor ein paar Tagen sein Lieferauto brachte.

»Na«, sagte der Wärter, »wie steh'n die Kartoffeln?«

»Gut, gut«, erklärte Roger. »Ich wollte nur mal vorbeischauen und die Schneeketten montieren. Hätte nie gedacht, daß es noch so schneit.«

»Ganz schön, nicht?« meinte der Wärter. »Da kann man sich glatt den Hintern abfrieren.«

»Kommen Sie erst mal dahin, wo ich wohne. Da ist es noch viel kälter.«

»Wo wohnen Sie denn?« grinste der Wärter. »In Sibirien? Oder in der Äußeren Mongolei?«

Roger wußte nicht genau, wo die Äußere Mongolei lag. Darum sagte er nur: »Na, da oben ist es ganz schön kalt, glauben Sie mir.«

»An Ihrem Auto hab' ich gesehen, daß Sie alles verkauft haben«, meinte der Mann in der Bordjacke.

»Ja. Gestern hab' ich alles verkauft.«

»Glück gehabt, was?«

»Ja.«

»Spät geworden, gestern nacht, nicht wahr?«

»Nein«, meinte Roger. Er starrte den Mann verwirrt an. »Ich weiß nicht, was Sie meinen.«

»Die Schüsseln und das andere Zeug.«

»Was ist damit?«

»Die haben Sie doch gestern noch ganz spät verkauft, oder?«

»Nein. Gestern nachmittag, in der City. Warum?«

»Ach nichts«, meinte der Wärter. »Nur, der Mann vom Nachtdienst hat mir erzählt, daß Sie den Wagen ganz spät noch einmal geholt haben.«

»Hat er wirklich?«

»Ja. Er hat es mir gesagt, weil er sich nicht sicher war, ob er den Wagen überhaupt hergeben durfte. Deshalb hat er mir es heute früh berichtet. Um sicherzugehen, daß er nicht einen Bock geschossen hatte. Verstehen Sie?«

»Mmmm«, machte Roger.

»Ganz schön spät, als Sie kamen.«

»Ja.«

»Drei Uhr morgens.« Der Wärter grinste und zeigte dabei glitzernd weiße Zähne. »Oder früh, wie man's nimmt.«

»Es war wirklich früh«, sagte Roger. »Ich hatte was zu transportieren.«

»Noch mehr von dem Holzzeug?«

»Nein, nein«, fiel Roger schnell ein. »Ich... jemand... ein Mann hatte mir einen Job angeboten. Gestern nachmittag, als ich in der City war.«

»Ach so?«

»Ich sollte Gemüse für ihn fahren. Vom Markt.«

»Das nennt man aber Glück«, staunte der Garagenwärter.

»Ja. Ich mußte den Kram am Markt abholen und über die Brücke ans andere Ufer bringen.«

»Am Markt in der City?«

»Ja.«

»Wo? An der Cummings Street?«

»Ja.«

»Da geht's schon früh los«, meinte der Wärter.

»Ich mußte jedenfalls um halb vier morgens da sein und das Zeug holen. Und dann bin ich quer durch die Stadt zur Brücke gefahren.«

»Bis nach Sibirien, was?« sagte der Wärter und lachte herzlich über seinen Witz. »Na, immerhin sind Sie ein ganz schöner Schwerarbeiter, das gefällt mir. Ich bewundere Kerls, die auch mal nebenbei einen Dollar zu verdienen wissen, wenn sich die Gelegenheit bietet. Ich muß auch verdammt hart arbeiten, weiß der Himmel. Ihr Lieferwagen steht da drüben neben dem Caddy. Soll ich Ihnen mit den Ketten helfen?«

»Nein, das schaff' ich schon, vielen Dank.«

»Keine Ursache. Brauchen Sie die Wagenschlüssel?«

»Muß erst sehen. Hab' ich Platz genug?«

»Ich glaube, Sie kriegen die Ketten hin, ohne das Auto zu bewegen. Aber wenn Sie die Schlüssel brauchen, die hängen gleich hier am Brett.«

»Okay«, sagte Roger und ging in das hintere Ende der Garage. Da stand der Lieferwagen neben dem Cadillac. Roger ließ hinten die Klappe herunter und stieg auf die Plattform. Die Ketten lagen vorn in der rechten Ecke, gleich hinter der Fahrerkabine. Sie waren in grobes Tuch gewickelt, Roger hielt sie immer peinlich sauber. Er wischte sie jedesmal nach Gebrauch sorgfältig trocken und wickelte sie dann ein, damit sie nicht rosteten. Jetzt nahm er sie hoch und wollte gerade wieder zum Ausgang, als er plötzlich den Fleck bemerkte.

Der Fleck war nicht größer als ein halber Dollar, rund, mit gezackten Ecken und ein paar Spritzern am Rand.

Wahrscheinlich aus ihrer Nase, dachte Roger.

Er kletterte vom Auto herab und ließ die Ketten am linken Hinterrad liegen. In der Nähe fand er einen Wasserhahn. Daneben stand ein kleiner Eimer. Roger schaute nach, ob der Garagenwärter in Sichtweite war. Dann füllte er den Eimer zu einem Viertel voll Wasser und stellte ihn hinter dem Auto ab. Vorn unter dem Fahrersitz zog er einen alten, ölverschmutzten Lappen hervor. Den tauchte er in den Eimer.

Er hatte noch mal Glück gehabt. Das Blut war auf einen Stahlstreben getropft und nicht auf die Planken. Es wäre viel schwieriger gewesen, einen Blutflecken vom Holzfußboden des Autos wegzubekommen. So aber reichte eine einzige Bewegung. Er wusch das Tuch gründlich im Eimer aus. Das Wasser war nur wenig verfärbt, kaum eine Spur rot, nicht einmal rosa. Er goß es in den Abguß an der Garagenwand und spülte den Eimer mehrmals aus.

Dann ging er zu seinem Auto zurück und montierte in aller Ruhe die Schneeketten.

Vor dem Drugstore wartete Amelia schon auf ihn. Sie sah ihn sofort, als er um die Ecke bog, und lief winkend auf ihn zu.

»Hallo«, rief sie und hängte sich bei Roger ein. »Du bist spät dran.«

»Ich habe keine Uhr«, entschuldigte er sich.

»Na ja, so spät ist es nun auch wieder nicht, etwa zwanzig vor. Wo hast du gesteckt?«

»Hab' die Schneeketten an die Reifen gemacht.«

»Das haben wir gern. Beschäftigt sich der Kavalier lieber mit seinen Schneeketten als mit mir.«

»Nein, das stimmt nicht. Du bist mir lieber als alle Ketten der Welt.«

»Ich glaube fast«, meinte Amelia, »du hast nicht für einen Pfennig Humor.«

»Das stimmt«, antwortete Roger grinsend.

»Sieh mich doch mal an.«

Er tat es.

»Na und? Fällt dir nichts auf?«

»Du hast einen anderen Mantel an.«

»Du siehst hier meinen besten Mantel. Ich trage ihn nur bei besonderen Gelegenheiten. Der Kragen ist echt Kaninchen. Toll, was?«

»Toll.«

»Und sieh mal.« Amelia knöpfte den Mantel auf und hielt ihn mit ausgebreiteten Armen von sich weg. Sie trug einen schwarzen Rock und einen ebenfalls schwarzen Pullover mit tiefem V-Ausschnitt. Um den Hals hatte sie eine Perlenkette. Die kleinen glitzernden Kugeln kontrastierten hübsch mit ihrer dunklen Haut.

»Sexy, was?«

»Sehr sexy«, bestätigte Roger.

»Und darunter erst, alles schwarz. Männer mögen doch schwarze Wäsche, oder?«

»Ja.«

»Jetzt mach' ich aber den Mantel lieber wieder zu, wenn du nichts dagegen hast. Bevor mir alles abfriert.« Amelia beschäftigte sich mit den Knöpfen. »Brrr, meine Hände sind eiskalt.« Sie hielt Roger ihre rechte Hand hin. »Komm, steck sie in deine Tasche.« Die Linke vergrub sie in ihrem Mantel.

»So, jetzt ist es schön warm. Ich rede wie ein Buch, wahrscheinlich kommt das von der Kälte. Stört es dich?«

»Ich bin ein guter Zuhörer«, antwortete Roger. »Schon immer gewesen.«

»Wie kommt das?«

»Zu Hause bleibt mir gar nichts anderes übrig als zuhören.«

»Wem?«

»Meiner Mutter.«

»Sei mir bloß ruhig von Müttern«, entrüstete sich Amelia. »Du hättest mal hören sollen, welche Abreibung ich heute nachmittag bekommen habe.«

»Weswegen?«

»Deinetwegen natürlich, was denkst du denn?«

»Warum?«

»Weißer Mann. Immer dasselbe. Alles Verführer. Wollen nur ihr Vergnügen. Mr. Charlie.«

»Nennt mich deine Mutter Mr. Charlie, weil ich ein Weißer bin?«

»Weil du ein Weißer bist, und weil du in ihren Augen ein Verführer bist, kurz, weil sie Angst um ihre liebliche, kleine Tochter hat. Die ganze Welt besteht für sie aus lauter Mr. Charlies.«

»Du Ärmste.«

»Ja, das ging stundenlang heute nachmittag.«

»Konntest du deshalb nicht um halb vier kommen?«

»Genau. Sie hat sofort meinen Bruder geholt, damit der mich auch ins Gebet nimmt. Der ist Taxifahrer, verheiratet und hat zwei Gören. Meine Mutter rief in seiner Garage an. Die sollten ihn sofort zu ihr schicken, wenn er wieder reinkäme. Weil er aber vor vier nie in die Garage fährt, wußte ich gleich, daß es später würde. Die Garage liegt in der Zwanzigsten, unten am Fluß. Fünf Minuten vor halb fünf war er schließlich da. Ich habe mich kaum drei Sekunden mit ihm unterhalten und dann Fersengeld gegeben.«

»Und was hat er gesagt?«

»Er sagte: ›Amelia, du bist verrückt geworden.‹«

»Was hast du geantwortet?«

»Ich sagte: ›Scher dich zum Teufel, Louis.‹«

»Und dann?«

»Dann hat er furchtbar gedroht. Wenn er uns jemals zusammen erwischt, will er dir was abschneiden.«

»Wirklich?«

»Hat er gesagt. Aber Louis ist in Wirklichkeit ein dicker, vergnügter Taxifahrer. Stört es dich, wenn ich so rede?«

»Wenn du wie redest?«

»Na ja, so'n bißchen ordinär, mit Abschneiden. Aber ich erzähl' dir ja nur, was mein Bruder gesagt hat. Ich hab' ihn noch mal zum Teufel gewünscht und bin abmarschiert.«

»Macht mir nichts aus«, meinte Roger.

»Was?«

»Daß du so redest.« Er überlegte einen Augenblick. »Zu Hause dürfen wir das allerdings nicht. Meine Mutter ist da sehr streng.«

»Der Teufel soll die Mütter holen.«

Roger nickte stumm. Aber im Innern hatte ihm Amelias Fluch einen Stich versetzt. So etwas durfte sie nun wirklich nicht sagen. Doch sein Ärger war sofort verflogen. »Was würdest du jetzt am liebsten unternehmen?«

»Laß uns etwas spazierengehen. Ich liebe den Schnee. Er hebt mich so schön ab.«

»Du hebst dich doch immer ab, so wie du gebaut bist«, meinte Roger bewundernd.

»Du bist ein ganz schöner Süßholzraspler. Genau davor hat mich meine Mutter gewarnt. Entschuldigung, wir wollten ja nicht mehr von Müttern reden.«

»Wo wollen wir hingehen?«

»Ganz egal.«

Das gefiel ihm auch nicht so sehr. Aber er wollte sich nicht reizen lassen. Schließlich ließ sie ihm die Verantwortung für den Abend. Und das war auch wieder schmeichelhaft. Nein, er wollte nicht wütend auf Amelia werden. Nicht wie letzte Nacht. Da war er plötzlich fuchsteufelswild gewesen, als Molly von dem Mann in Sacramento angefangen hatte. Später hatte er über alles nachgedacht. Schließlich war es auch blöd, daß sie von dem Mann anfangen mußte, als sie mit ihm im Bett lag. Darum war er wütend geworden. Aber tief im Innern wußte Roger, daß der wahre Grund nichts mit dem Mann in Sacramento zu tun hatte. Warum, war ihm selbst schleierhaft, aber irgendwie war er nur wütend geworden, weil Molly ihm plötzlich so gut gefiel. Wirklich eigenartig.

»Vor dir gab es nur einen Mann in meinem Leben«, hatte Molly gesagt. »Sonst niemand.«

Roger antwortete nicht. Er war erschöpft und zufrieden und lauschte auf das Heulen des Februarwindes. Mitten in der Nacht heulte der Wind immer am unheimlichsten, besonders in einer fremden Stadt.

»Als ich ihn traf, war ich zwanzig, und meine Mutter war gerade ein Jahr tot«, plapperte Molly weiter. »Stört es dich, wenn ich so rede?«

»Macht mir nichts aus«, sagte Roger. Er hatte Molly sehr gern. Während er ihrer Erzählung lauschte, überlegte er, was seine Mutter wohl sagen würde, wenn er wieder mal ein häßliches Entchen anbrachte. Sie würde ihn bestimmt von Herzen auslachen.

»Es war meine erste Stelle nach dem Sekretärinnenkursus«, erzählte Molly. »Ich war noch ganz grün. Das galt für meinen Job wie für meinen Boss. Ich hatte keine Ahnung, wie man mit Männern umgehen muß. Jungens hatten sich nie sehr um mich gekümmert.«

Molly schwieg einen Augenblick. »Der Mann hieß Theodore Michelsen, sein Bruder war Priester in San Diego. Theodore war verheiratet und hatte zwei Kinder, Junge und Mädchen. Ihre Fotos standen auf seinem Schreibtisch, auch das von seiner Frau, alle drei in einem Rahmen. Stört's dich?«

»Nein«, sagte Roger. Es störte ihn gar nicht. Er hatte einen Arm um Molly gelegt und hielt sein Ohr dicht an ihrem Mund. Dabei sah er an die Decke. Wie sanft ihre Stimme war und wie weich und warm sie sich in seinem Arm anfühlte.

»Ich weiß selbst nicht, wie es eigentlich anfing«, berichtete Molly weiter. »Ich glaube, eines Tages hat er mich einfach geküßt. Das war das erste Mal, daß ich von einem Mann geküßt wurde. Von einem richtigen Mann. Und dann passierte es irgendwie, ein paar Tage später. An einem Freitag, glaube ich, alle anderen waren schon nach Hause gegangen. Es war in seinem Büro. Aber ich weiß, daß du davon nichts hören willst.«

»Stört mich wirklich nicht.«

»Wir schliefen von nun an jeden Tag miteinander. Ich fand es himmlisch«, erinnerte sich Molly.

In diesem Augenblick war Roger wütend geworden.

Unter ihren Schuhen knirschte der Schnee. Amelia an seinem Arm sagte plötzlich: »Wir laufen schnurstracks auf den Fluß zu. Ist dir das schon aufgefallen?«

»Nein.«

»Woran hast du denn eben gedacht?«

»Gedacht?« Roger schüttelte den Kopf. »Eigentlich an nichts.«

»Doch, ich hab's genau gemerkt. Du warst Millionen Meilen weit weg.«

»Ich habe daran gedacht, daß ich eigentlich schleunigst nach Hause müßte.«

»Ich muß ja ein faszinierendes Geschöpf sein. Da geht der Mensch hier mit mir spazieren und denkt an nichts anderes, als möglichst schnell nach Hause zu kommen.«

»So hab' ich es doch nicht gemeint. Es ist doch nur, weil meine Mutter da oben ganz allein sitzt. Da ist zwar noch mein jüngerer Bruder, aber du weißt ja.«

»Ja.«

»Ich bin doch der Mann im Hause.«

»Ja. Aber jetzt bist du doch hier«, meinte Amelia. »Hier, mit mir.«

»Ja, ich weiß. Es tut mir leid. Ich hätte nicht –«

»Ich sehe doch eigentlich ganz gut aus. Mit meinem Kaninchenkragen und dem aufreizenden, schwarzen Pullover.« Amelia grinste. »Und wenn ein Mädchen sich so herausputzt, sollte sich ein junger Mann ihr auch widmen und nicht an zu Hause denken.«

Roger grinste ebenfalls und nickte besänftigend. Inzwischen waren sie an den Fluß gekommen.

»Sieh mal, er ist ja zugefroren«, rief Amelia aus. »Wir könnten wahrscheinlich bis zum anderen Ufer laufen.«

»Letzte Nacht war noch kein Eis da«, entfuhr es Roger.

»Was sagst du?«

»Ach, nichts.«

»Warst du denn letzte Nacht hier?«

»Nun ja, eigentlich mehr am frühen Morgen. Gegen drei Uhr.«

»Was hast du denn ausgerechnet um drei hier getrieben?«

»Hier? Gar nichts.«

»Aber du hast doch eben gesagt –«

»Ich hatte einen Auftrag.«

»Einen Auftrag?«

»Ja, Gemüse.«

»Ach so?«

»Ja. Und dabei bin ich an den Fluß gekommen. So ist das gewesen.«

»Und da war noch kein Eis auf dem Fluß?«

»Nein.«

»Gemüse, hab' ich richtig gehört?«

»Stimmt. Ich lernte einen Mann kennen, und der hat mich angeheuert. Mit dem Auto, weißt du. Ich mußte das Zeug abholen und woanders abliefern.«

»Ach so. Was meinst du, wie kalt ist es jetzt?«

»Weiß nicht. Schätze, einige Grad unter Null.«
»Frierst du?«
»Nur ein bißchen.«
»Meine Füße sind Eiszapfen«, klagte Amelia.
»Wollen wir irgendwo reingehen? Vielleicht einen heißen Kaffee trinken?«
»Ich war der Meinung, du hättest ein Zimmer.«
»Hab' ich auch.«
»Komm, gehn wir hin.«
Sie liefen schweigend am Ufer entlang. Der Fluß war auf der ganzen Breite zugefroren. Im Hintergrund spannte sich die Brücke wie riesige silberne Spinnweben über das Eis.
Roger brach das Schweigen. »Ich möchte dir nicht gern weh tun.«
»Mir weh tun? Wie meinst du das?«
»Ich weiß auch nicht recht«, gab Roger zu.
»Mein lieber Junge, mach dir nur keine Sorgen«, tröstete ihn das Mädchen. »An mir haben sich schon Experten die Zähne ausgebissen.«
»Amelia, weißt du...« Roger schüttelte hilflos den Kopf.
»Was ist denn?«
»Weißt du, da sind noch so viele Dinge...«
»Sag's mir ruhig, Roger.«
»Die ich noch tun müßte.«
»Gut, aber was denn eigentlich?«
»Ich möchte gern mit dir zusammen sein.«
»Bist du doch.«
»Ich möchte dich so gern noch mal küssen. Das habe ich mir schon die ganze Zeit gewünscht.«
»Na klar, dazu –«
»Aber ich möchte dir wirklich nicht weh tun.«
»Wie, um Himmels willen, sollst du mir denn dabei weh tun, du kleines Unschuldslamm?«
»Ich wollte dir das nur gesagt haben.«
Amelia musterte ihn von oben bis unten. Schließlich

stellte sie fest: »Du bist wirklich ein komischer Heiliger.« Sie stellte sich auf die Zehenspitzen und gab ihm einen flüchtigen Kuß. Dann trat sie einen Schritt zurück und sah ihm forschend ins Gesicht. Genau wie vor ein paar Stunden, draußen am Meer.

»Nun komm schon«, sagte sie dann und nahm ihn energisch bei der Hand.

12

Gegen halb sechs kam unerwartet Besuch. Fook Shanahan klopfte. Er hatte einen Mann aus dem zweiten Stock im Schlepptau, den Roger nicht kannte. Er und Amelia waren gerade erst in die Pension gekommen und hatten kaum Zeit gehabt, die Mäntel auszuziehen. Fook platzte ins Zimmer, ohne eine Antwort auf sein Klopfen abzuwarten. Sein Kumpan war ein langer, dürrer Mann mit einer dickrandigen Brille und dichtem, strohigem Haarschopf, der hier und da schon in Grau überging. Grau waren auch seine dichten, buschigen Augenbrauen, die aussahen, als hätte sie ihm ein Maskenbildner gerade noch schnell vor dem Auftritt angeklebt. Fook trug eine Flasche Bourbon unter dem Arm und in der Hand zwei Gläser. Er lief stracks zur Kommode und stellte seine Last ab.

Dann wandte er sich Roger zu und fragte: »Wollen Sie uns nicht der jungen Dame vorstellen?«

»Natürlich«, sagte Roger. »Das ist Amelia Perez. Amelia, ich möchte dir gern Fook Shanahan vorstellen. Wie der andere Gentleman heißt, weiß ich leider nicht.«

»Der andere Gentleman heißt Dominick Tartaglia«, erklärte Fook, »und ist alles andere als ein Gentleman.«

Tartaglia kicherte, Fook stimmte ein.

»Ich glaube fast, ihr beide seid eben erst mitten aus der Eiswüste gekommen«, meinte er dann. »Was zu trinken?«

»Na, ja...«, antwortete Roger zögernd und warf einen Seitenblick auf Amelia.

»Klar«, fiel das Mädchen ein. »Ein Drink wäre herrlich.«

»Das Problem ist ein mathematisches«, erklärte Fook gewichtig. »Wir sind vier und haben nur drei Gläser.«

»Roger und ich trinken aus einem«, sagte Amelia schnell und lächelte dem jungen Mann zärtlich zu.

»Rechenaufgabe gelöst«, stellte Fook fest. Er öffnete die Flasche. Amelia ließ sich behaglich auf dem Bett nieder, kreuzte die Beine und stützte die Ellbogen auf die Knie. Eine Hand spielte mit den Perlen an ihrem Hals. Tartaglia lehnte sich an die Kommode und grinste zufrieden in die Runde. Fook schenkte ein.

Roger sah Amelia verstohlen an. Ob sie wohl böse über die Störung war? Aber sie schien bester Laune zu sein. Sobald die wieder weg sind, werde ich mit ihr schlafen, nahm sich Roger vor.

Plötzlich bekam er Angst.

»Wir haben auf dich gewartet, Roger«, berichtete Fook. »Wir waren neugierig, wie du vorhin mit den Bullen fertiggeworden bist.«

»Ach, wir haben uns ganz nett unterhalten.«

»War die Polizei hier?« fragte Amelia. Sie saß plötzlich kerzengerade auf dem Bett und blickte Roger forschend ins Gesicht.

»Unserer Wirtin ist ein Eisschrank geklaut worden«, erklärte ihr Tartaglia.

»Ein Eisschrank?« fragte Amelia ungläubig. Sie bedankte sich bei Fook, der ihr gerade ein Glas in die Hand gedrückt hatte.

»Jetzt könnten wir das Eis gebrauchen«, meinte Fook mit einem bedauernden Blick auf den Bourbon. »Wollen Sie wenigstens etwas Wasser in den Whisky?«

»Verdirbt nur den Geschmack«, wehrte Amelia lächelnd ab.

»Oho, ein Negermädchen, und irisches Blut in den Adern.

Von der besten Sorte.« Fook hob sein Glas. »Auf Ihr Wohl, Miss.«

Amelia nippte an ihrem Whisky, zog die Augenbrauen hoch und verdrehte die Augen. »Puuh«, ächzte sie und gab das Glas an Roger weiter. Der roch erst an dem braunen Getränk, bevor er einen Schluck wagte.

»Nun erzähl mal«, drängte Fook. »Was haben die Bullen bei dir angestellt?«

»Überhaupt nichts«, antwortete Roger. »Sie kamen rein und fragten sehr höflich, wo ich letzte Nacht war. Das hab' ich ihnen gesagt. Dann haben wir die meiste Zeit über den Eisschrank geredet. Wieviel er meiner Meinung nach wert war und so weiter. Schließlich sagten sie, ich könnte nach Hause fahren oder auch hierbleiben, ganz wie ich Lust hätte. Ihnen wäre das egal, sie würden nicht wiederkommen.«

»Also halten sie ihn für unschuldig«, meinte Tartaglia zu Fook.

»Was denn sonst?« fragte der entrüstet. »Wir haben alle eine saubere Weste. Verdammt noch mal, wer sollte auch der alten Ziege einen Eisschrank klauen? Verzeihung, Miss.«

»Macht nichts«, winkte Amelia ab und widmete sich ihrem Drink.

»Hast du ihnen von den Fächern erzählt?« wollte Tartaglia von Fook wissen.

»Nein.«

»Welche Fächer?« fragte Amelia.

»Die aus dem Eisschrank. Sie wurden im Keller neben der Heizung gefunden«, erklärte Tartaglia.

»Mit anderen Worten«, ergänzte Fook, »wer immer das Ding geklaut hat, machte sich vorher die Mühe, sämtliche Fächer rauszuziehen. Könnt ihr euch darauf einen Vers machen?«

»Allerdings nicht«, sagte Amelia und trank ihr Glas aus.

»Sind Sie bereit für die nächste Ladung, junge Dame?« fragte Fook.

»Einen noch, gegen die Kälte«, meinte Amelia augenzwinkernd.

»Durch und durch irisch, wie ich gesagt habe«, triumphierte Fook.

Tartaglia nahm ihr Glas und schüttete es halb voll. Er reichte es dem Mädchen, füllte sich selbst freigebig nach und brachte dann die Flasche rüber zu Fook.

Der kam immer noch nicht von dem Eisschrank los. »Was soll so ein Ding ohne Fächer? Roger, du trinkst ja gar nicht. Du sollst doch deiner Lady helfen.«

»Ich heiße Amelia«, erinnerte ihn das Mädchen.

»Amelia, natürlich. Du bist ein tolles Mädchen, Amelia«, und zu Roger gewandt: »Darf ich dir zu deinem guten Geschmack gratulieren, Roger?«

»Ja, du darfst«, sagte Roger lächelnd.

»Also, herzlichen Glückwunsch. Aber Vorsicht, wenn er blau ist, wird er gewalttätig.« Fook zwinkerte Amelia zu.

»Nein, das glaub' ich nicht«, gab Amelia zurück. »Von der Sorte ist er bestimmt nicht.«

»Recht hast du«, sagte Fook. »Er ist ein süßes, sanftes Lämmchen.« Mit diesen Worten nahm er dem Mädchen das Glas aus der Hand und reichte es Roger. »Nun komm schon, trink. Und dann erzähl mal, was du von der Sache mit den Fächern hältst.«

Roger nippte brav an dem Bourbon und sah zu, daß er das Glas wieder an Amelia loswurde. »Ich weiß wirklich nicht, was ich dazu sagen soll.«

»Warum stiehlt jemand einen Eisschrank und läßt die Fächer liegen?« rätselte Fook.

»Vielleicht, weil er ohne Fächer leichter zu tragen war«, sagte Tartaglia und kicherte los.

Amelia ließ sich den Bourbon schmecken. Dann meinte sie: »Jetzt erklärt mir das mal ganz genau. Soviel ich mitbekommen habe, wurde eurer Wirtin letzte Nacht ein Eisschrank aus der Wohnung geklaut, und die Fächer –«

»Aus dem Keller«, stellte Tartaglia richtig. »Der Eisschrank stand im Keller.«

»Ach so. Egal. Jedenfalls montierte der Dieb erst die Fächer ab. Ist das so richtig?«

»Ja, stimmt.«

»Fingerabdrücke!« verkündete Amelia.

»Klar, Mensch. Natürlich!« Das war Fook.

»Sie werden Fingerabdrücke auf den Fächern finden«, stellte jetzt auch Tartaglia fest. »Sie haben ganz recht, Miss. Darauf noch einen Drink.«

»Ich bin gleich blau«, wandte Amelia ein. »Ihr laßt mich hier vollaufen, bis ich nicht mehr weiß, was ich tue.« Mit diesen Worten streckte sie Fook ihr Glas entgegen.

Gar nichts werden sie finden, dachte Roger. Ich hab' Handschuhe angehabt. Sie finden nicht einen Fingerabdruck im ganzen Keller.

»Aber warum nur hat er die Fächer entfernt?« Fook kam immer noch nicht von seinem Problem los. »Warum nur? Ich versteh's einfach nicht.«

Sie schwiegen alle und grübelten.

»Ich weiß auch nicht«, meinte Amelia schließlich und tröstete sich mit einem Schluck Bourbon.

»Ich auch nicht«, erklärte Tartaglia.

»Und ich am allerwenigsten«, stellte Fook fest.

»Aber du, Roger«, sagte Amelia. Sie grinste etwas einfältig und legte den Kopf auf die Seite, als könne sie ihn dann besser erkennen. »Roger, du scheinst eine Idee zu haben.«

»Nein«, sagte Roger.

»Du siehst so nachdenklich aus.«

»Nein.«

»Sieht er nicht ganz nachdenklich aus?« holte sich Amelia Hilfe bei den anderen.

»Das kann man wohl sagen«, meinte Tartaglia.

»Aber ich weiß es genausowenig wie ihr«, versicherte Roger lächelnd.

»Ich glaube, er möchte uns gern loswerden«, fiel Fook ein.

»Nein, nein, wirklich...«

»Ich glaube beinahe auch«, sagte Tartaglia.

»Ich hab' das Gefühl, wir haben den beiden lange genug auf der Pelle gesessen«, erklärte Fook. »Ich bin sicher, Roger und Amelia haben noch eine Menge zu besprechen. Und bestimmt nichts über Mrs. Doughertys blödsinnigen Eisschrank.«

»Ihr braucht euch wirklich nicht zu beeilen«, versicherte Roger. »Trinkt doch noch einen.«

»Nein, jetzt ist's genug. Wir wollten nur wissen, wie es dir mit den beiden Bullen vom Revier gegangen ist. Wie hießen sie noch, Dominick? Kannst du dich an die Namen erinnern?«

»Mutt und Jeff«, antwortete Tartaglia. Er mußte lachen. »Glaubst du, daß sie das Ding jemals wiederfinden?«

»Niemals«, sagte Fook mit Nachdruck.

»Weißt du was?«

»Was?«

»Wetten, daß jemand den Eisschrank schon zu Hause in der Küche stehen hat? Vollgestopft mit Bier und Eiern und Milch und Käse und Bananen und –«

»Ausgerechnet Bananen...«, sang Amelia.

»Cha-cha-cha«, machte Fook.

»Und der Bursche wohnt wahrscheinlich genau gegenüber von einem Polypen«, spann Tartaglia seinen Faden weiter. »Und heute abend kommt der Polyp auf ein Glas Bier zu Besuch. Und unser Mann geht gelassen zum Eisschrank und holt die Flasche raus. Und dann sitzen die beiden friedlich am Küchentisch und bechern, und der Bulle hat keine Ahnung, daß das Ding heiß ist. Junge, Junge, wie schön!« rief Tartaglia und konnte sich kaum halten vor Lachen.

Amelia kicherte auch. »Wie kann ein Eisschrank heiß sein?« wollte sie wissen.

»Jetzt ist aber Schluß. Wir müssen wirklich weg.« Fook ging zur Kommode und klemmte seine Flasche wieder unter den Arm. »Freut uns, daß die Polizei dir einen Persilschein ausgestellt hat, Roger. Du hättest aber wenigstens mal fragen können, ob Dominick und ich ebenso ungeschoren davongekommen sind.«

»Ach, natürlich, tut mir leid«, bedauerte Roger. »Ich wollte nicht uninteressiert –«

»Dann wirst du sicher überglücklich sein, wenn du hörst, daß keiner von uns der Tat verdächtig ist. Unsere kluge Polizei ist felsenfest davon überzeugt, daß ein Fremder dahintersteckt. Sie glaubt, daß jemand die Kellertür aufgebrochen hat. Der kleine Dicke hat mir das anvertraut.«

»Gute Nacht, Amelia«, sagte Tartaglia, schon von der Türschwelle.

»Gute Nacht.«

»Es war uns eine Ehre.«

»Danke, gleichfalls.«

Fook stellte sich vor Amelia auf und machte eine gekonnte Verbeugung. »Miss«, sagte er feierlich. »Sie befinden sich in Gesellschaft eines der feinsten Kerle, die jemals Gottes Erdboden unsicher machten. Roger Broome, ein ehrenwerter Mann und patenter Bursche, wie wir schon nach kurzer Bekanntschaft feststellen durften.«

»Ich weiß«, sagte Amelia.

»Ausgezeichnet. Und Sie sind eine großartige Frau.«

»Danke ergebenst.«

»Ausgezeichnet«, stellte Fook zum zweitenmal fest. Er ging zur Tür. »Seid nett zueinander«, ermahnte er das Paar, verbeugte sich nochmals und marschierte hinaus. Tartaglia folgte ihm und schloß die Tür hinter sich.

»Schließ lieber ab«, riet Amelia. Sie sprach nicht mehr ganz sicher.

»Warum?«

»Mmm«, meinte sie und grinste verderbt. »Wir haben immerhin einiges vor, oder nicht?«

Sie stand auf, lief leicht schwankend zum Schrank, zog die

Tür auf und fuhr erstaunt zurück. »Uch, ich dachte, da wäre das Klo«, kicherte sie und hielt schnell die Hand vor den Mund, als wollte sie die glucksenden Laute zurückhalten. »Wo ist es denn nun?«

»Auf dem Flur.«

»Würde es dir was ausmachen, wenn ich mal mein Gesicht waschen gehe?«

»Nein, warum?«

»Bin gleich wieder da.« Amelia stelzte zur Tür, drehte sich noch einmal um und sagte äußerst würdevoll: »Ich muß wirklich mal, und zwar ganz dringend.« Dann war sie verschwunden.

Roger setzte sich auf das Bett.

Seine Hände waren ganz naß vor Schweiß.

Mit seinen schweren Bauernfäusten war er über Molly hergefallen. Ganz plötzlich. Wie aus heiterem Himmel.

Er hatte überhaupt nicht vorgehabt, ihr etwas anzutun. Bis zu diesem Augenblick.

Da schlug seine Faust schon zu. Der erste Schlag traf das Mädchen auf ein Auge, der zweite mitten ins Gesicht. Mollys Nase fing an zu bluten. Das Blut darf nicht auf das Laken tropfen, dachte Roger. Molly öffnete den Mund, gleich würde sie um Hilfe rufen. Das mußte er verhindern.

Er packte schnell zu. Ihr Hals verschwand zwischen seinen riesigen Pranken. Roger drückte. Der Schrei erstarb in der Kehle des Mädchens, Roger hörte nur ein leises Glucksen. Er zog ihren Oberkörper hoch, um das Laken zu schützen. Das Blut lief deshalb über seine Hände. Er drückte ihr immer noch die Kehle zu. Sie schlug nach ihm, aber ihr Widerstand wurde schwächer.

Warum tat er das nur, warum? Er liebte sie doch. Sie war schön, sogar seine Mutter konnte ihn diesmal nicht auslachen, diesmal nicht. Molly war das schönste Mädchen der Welt, und er liebte sie.

Er haßte sie. Er preßte seine Hände noch fester zusammen. Mollys Kopf schien zu platzen, aus dem geöffneten Mund kam ein eigenartiges Geräusch. Irgendwo in ihr riß etwas.

Plötzlich war alles Leben wie fortgewischt. Roger kam zum Bewußtsein, daß sie sich nicht mehr wehrte. Sie hing ihm schlaff in den Händen. Er legte sie auf den Fußboden und nahm sich in acht, daß ihr Blut nichts beschmutzte. Er ließ sie nackt auf dem Rücken liegen, ging zum Waschbecken und wusch sich gründlich die Hände.

Dann saß er etwa eine halbe Stunde lang neben der Leiche und überlegte.

Am besten war es, gleich seine Mutter anzurufen. Mutter, ich habe gerade eine Frau umgebracht. Was würde sie dazu sagen? »Laß sie liegen und komm auf schnellstem Weg nach Hause. Beeil dich, mein Sohn.«

Aber das ging nicht. So nicht. Das durfte er nicht tun.

Molly lag splitternackt auf dem Boden. Sie war tot und noch häßlicher als vorher. Und er hatte sie eben noch schön gefunden. Vorsichtig, mit den Fingerspitzen, fuhr ihr Roger über das Gesicht. Ihre Augen starrten an die Decke. Roger drückte sie behutsam zu.

Ich werde sie zur Polizei bringen.

Aber nicht nackt. Er holte ihren Mantel aus dem Schrank und legte ihn neben der Leiche auf den Boden. Dann hob er sie auf und wickelte sie in den Mantel. Als nächstes sammelte er ihre Kleider ein. Bluse, Rock, den gepolsterten Büstenhalter, Schuhe, Hüftgürtel. Er packte alles zusammen und stopfte es oben in das Bündel. Das schnürte er mit den Nylonstrümpfen fest zu.

Ihre Nase hatte aufgehört zu bluten.

Er konnte sie nicht in den Armen durch die Straße tragen. Wie spät war es wohl? Zwei Uhr mindestens. Da konnte er sie nicht mehr zur Polizei tragen.

Er wußte nicht einmal, wo die Polizei war.

Am besten holte er das Auto.

Er sah noch einmal nach dem Bündel. Die Strümpfe saßen fest, oben lugte der Kopf heraus, unten die Beine. So konnte sie bleiben.

Roger zog seinen Mantel an und ging. Die Tür schloß er hinter sich ab. Vom anderen Ende des Flurs hörte er Fook schnarchen.

Er schlich die Treppen hinab und öffnete leise die Haustür. Es war nicht mehr so kalt. Roger schlug den Weg zur Garage ein.

Er wußte genau, was er wollte. Nämlich den Lieferwagen holen und ihn über die Hintergasse zur Kellertür fahren. Er erinnerte sich, daß da eine Tür war. Dort hatte er erst gestern den Elektriker rauskommen sehen. Selbst war er noch nie im Keller gewesen.

In der Garage tauchten Schwierigkeiten auf. Der Nachtwächter war mißtrauisch und wollte seinen Namen wissen. Roger Broome, den 59er Chevy bitte. Dringend. Roger Broome hatte einen Auftrag und brauchte sofort sein Auto.

Der Nachtwächter zögerte. Schließlich war es fast zwei Uhr morgens. Roger zeigte ihm den Zulassungsschein für den Wagen, und endlich gab der Mann nach.

Die Straßen waren um diese Zeit fast leer.

Roger wendete den Wagen an der Ecke und fuhr rückwärts in die Gasse. Dann stellte er den Motor ab und ließ das Auto lautlos zum Kellereingang rollen. Die Tür war verschlossen. Roger holte den schweren Schraubenschlüssel unter dem Sitz hervor. Damit bearbeitete er die Tür so lange, bis das Holz am Schloß herausbrach. Durch den stockfinsteren Keller tastete er sich zur Treppe vor. Die Tür an der obersten Stufe war nicht abgeschlossen. Er wollte sie leise hinter sich zumachen, besann sich aber anders und legte den Wagenschlüssel zwischen Rahmen und Tür, damit er sie nachher nur aufzustoßen brauchte. Dann lief er durch die dunkle Halle und stieg die Treppen zu seiner Etage empor.

Das Mädchen lag noch genauso da.

Roger suchte Fußboden und Bett peinlich genau nach Blutspuren ab. Er fand nichts. Dann überzeugte er sich, daß keine Kleidungsstücke mehr herumlagen.

Er schleppte Molly zur Tür und lauschte in die Halle hinaus.

Eigentlich Unsinn, so vorsichtig zu sein. Er war doch auf dem Weg zum nächsten Polizeirevier. Mit dem toten Mädchen. Dort wollte er alles beichten, wenn es auch schwerfiel.

In der Halle war niemand. Das Haus lag im tiefen Schlaf.

Das Bündel hob sich überraschend leicht. Roger klemmte es unter einen Arm und zog mit dem anderen die Tür leise hinter sich zu. Dann trug er Molly vorsichtig die Treppen hinunter. An der Kellertür nahm er seine Autoschlüssel wieder an sich. Das feuchte Gewölbe war jetzt nicht mehr ganz so dunkel. Durch die kleinen Fenster drang Mondschein, und Rogers Augen hatten sich außerdem an die Nacht gewöhnt. Er konnte in einer Ecke die Heizung erkennen, daneben stand ein alter Eisschrank. Ein Stück weiter ein Fahrrad, dem ein Rad fehlte. Er trug die Tote aus dem Keller und legte sie hinten in den Lieferwagen. Dabei sah er ihr Gesicht. Etwas Blut war von der Nase auf die Oberlippe getropft.

Beim Einsteigen kam ihm ein Gedanke. Er blieb mit einem Fuß auf der Erde stehen.

Wie sollte er das alles der Polizei erklären? Er sah nachdenklich in den stillen Hinterhof. Über ihm schwankte eine Wäscheleine im Wind. Einfach da reingehen und alles sagen? Eine heikle Geschichte.

Wenn er sie nun irgendwo versteckte?

Nein, er mußte –

Oder doch?

Die Polizei, und sonst nichts.

Wenn er aber –

Nein.

Oder?

Ja. Er mußte die Leiche loswerden.

Roger lief zurück in den Keller. Vor dem alten Eisschrank blieb er stehen, öffnete die Tür und sah hinein. Die Fächer mußte er entfernen. Er zog. Die ersten beiden gaben sofort nach, das dritte machte Schwierigkeiten. Das vierte brauchte er dann nur abzuheben.

Er stellte die vier Fächer an den Heizungsofen, schlang die Arme um den Eisschrank und hob. Der Schrank war zu schwer. Er konnte ihn nie bis zum Auto tragen.

Sollte er es aufgeben? Die Polizei war wohl doch das beste.

Schließlich schlang er die Arme zum zweitenmal um den Eisschrank. Jetzt war er gewitzt genug, nur eine Seite anzuheben. Er rückte den schweren Schrank ein kleines Stück vor und hob die andere Seite. Stück für Stück kantete er ihn zur Kellertür und draußen über den Betonboden zum Auto. Das Schwerste stand ihm noch bevor. Er mußte den Eisschrank auf die Ladefläche hieven.

Er sah das Mädchen nachdenklich an. Molly lag stocksteif im Auto. Trotzdem fürchtete er, daß sie jeden Moment die Augen öffnete.

Mit letzter Kraft hob er den Eisschrank an. Das erste Mal rutschte ihm der schwere Kasten aus den Armen und fiel mit einem dumpfen Schlag auf den Boden. Beim zweitenmal gelang es ihm. Der Schrank kippte nach der richtigen Seite über und lag halb im Auto. Roger schob ihn ganz hinein und öffnete die Tür. Er hob das tote Mädchen auf und legte es in den Eisschrank.

Der Körper war zu groß.

Er versuchte es auf verschiedene Art. Mit dem Kopf zuerst, dann mit den Füßen. Schließlich bog er die Beine nach hinten. Alles half nichts. Der Körper war zu groß für den Eisschrank.

Roger wurde nervös. Jeden Augenblick konnte jemand im Haus das Licht anknipsen und ein Fenster öffnen. Dann sah er ihn unten im Hof, wie er sich mit einer Leiche abquälte.

Er brach der toten Molly beide Beine. Danach ließ sich die

Leiche in den Eisschrank stopfen. Roger schlug die Tür über ihr zu.

Er stieg auf den Fahrersitz und startete den Motor.

Die City war menschenleer, eine Wüste aus Häusern und Straßen. Roger wußte nicht, wo er die Tote loswerden sollte. Wenn jemand den Eisschrank fand, fand er auch das Mädchen. Sie mußten dann herausbekommen, wer es getan hatte. Wahrscheinlich konnte die Herkunft des Eisschrankes bis zur Pension von Mrs. Dougherty zurückverfolgt werden.

Der Zufall führte Roger an den Fluß. Er wußte zwar, daß die City von Wasser umgeben war; daß er aber nur an den Fluß zu fahren und die Leiche im Eisschrank hineinzuwerfen brauchte, darauf war er noch nicht gekommen.

Roger fuhr über eine kleine Brücke. Unten spiegelten sich die Lichter im Wasser. Die nächste Linkskurve brachte ihn an ein verlassenes Hafenbecken. Ein Güterwagen stand verloren auf einem Gleis. Roger fuhr den Lieferwagen rückwärts bis unmittelbar an das Wasser, stieg aus, kniete auf den Steinen nieder und reckte den Hals über die Mauerkante. Das Wasser durfte auf keinen Fall zu flach sein. Er suchte vergebens nach einem Pegel.

Das Risiko war ihm zu groß. Am Ende fanden sie den Schrank gleich morgen, wenn das Wasser zu seicht war.

Er setzte sich wieder hinter das Steuer und fuhr weiter. Er wußte nicht, wie er eine Stelle finden sollte, wo das Wasser tief genug war.

Plötzlich kam ihm ein Gedanke. Es mußte eine große Brücke sein. In der Mitte konnte er anhalten und den Eisschrank über das Geländer schieben.

Natürlich mußte er mit aller Vorsicht zu Werke gehen. Wenn zufällig jemand vorbeikam, sollte es so aussehen, als hätte das Auto eine Panne. Wenn nur der Eisschrank nicht so schwer gewesen wäre.

Verdammt schwer. Und nun lag auch noch das Mädchen drin.

Er fuhr noch einmal quer durch die Stadt. Die Brücke mußte möglichst hoch über dem Wasser sein, um so tiefer würde der Schrank fallen. Er suchte die größte und längste Brücke, die er bis jetzt in dieser Stadt gesehen hatte. Sie verband die City mit dem benachbarten Bundesstaat. Nach längerer Zeit fand er die Auffahrt. Die Brücke schien im scharfen Nachtwind leicht zu schwanken. Er überlegte, ob der Eisschrank senkrecht ins Wasser fallen würde. Hoffentlich war er schwer genug, damit ihn der Wind nicht abtrieb.

Etwa auf der Mitte zwischen beiden Ufern hielt er das Auto an. Er stieg aus und eilte nach vorn. Dort löste er die Kühlerhaube und stellte sie hoch. Er beugte sich über den Motor, als ob da etwas nicht in Ordnung wäre. In Wahrheit wartete er nur, bis kein anderes Auto mehr auf der Brücke war.

Immer wieder tauchten auf beiden Seiten Scheinwerfer auf. Autos rasten vorbei.

Endlich war eine Pause. Jetzt, dachte er, schnell. Der Eisschrank kam ihm plötzlich überraschend leicht vor. Er trug ihn um den Wagen und stemmte ihn auf das Brückengeländer. Nachdem er sich überzeugt hatte, daß unten gerade keine Schiffe vorbeifuhren, ließ er den Schrank fallen. Die schwere Last schlug Sekunden später laut im Wasser auf. Gischt sprühte hoch. Auf der Gegenfahrbahn fuhr ein Auto vorbei, unten glättete sich das Wasser schon. Vom anderen Ende der Brücke kamen wieder Scheinwerfer. Er lief schnell nach vorn und schlug die Kühlerhaube zu. Dann warf er einen letzten Blick über das Geländer. Nichts deutete mehr darauf hin, daß vor wenigen Augenblicken ein schwerer Gegenstand in den Fluß gefallen war.

Roger startete und fuhr über die Brücke in den Nachbarstaat. Nach einigen Meilen wendete er den Wagen und machte sich auf den Rückweg in die City. Er brachte das Auto in die Garage und lief zurück zur Pension von Mrs. Dougherty. Im Haus war noch alles still.

Er schlich die Treppen hinauf und in sein Zimmer. Dort legte er sich sofort zu Bett.

Nach wenigen Augenblicken hatte ihn der Schlaf übermannt.

Amelia stand in der Tür.

Sie hatte sich das Gesicht gewaschen und den Lippenstift vom Mund gewischt. Jetzt kam sie rein und zog die Tür hinter sich zu. Dann schloß sie sorgfältig ab, legte ihre Handtasche auf die Kommode und drehte sich zu Roger um, stand mit den Händen hinter dem Rücken an die Tür gelehnt.

»Na?«

»Na, Amelia?«

»Hast du mich vermißt?«

»Ja.«

»Dann sag's mir.«

»Ich habe dich vermißt.«

»Ihr habt hier vielleicht ein komisches Badezimmer«, verkündete Amelia. Sie stand immer noch an der Tür und betrachtete Roger mit einem seltsamen Lächeln. »Blaues Papier, wie wunderhübsch!«

»Ist mir noch gar nicht aufgefallen.«

»Dir fällt überhaupt nicht viel auf, stimmt's?«

Sie sprach noch immer eine Spur unsicher. Aber betrunken war sie ganz bestimmt nicht. Sie hatte vielleicht ein, zwei Glas zuviel getrunken, mehr nicht.

Da stand sie nun, mit ihrem sonderbaren, schalkhaften, beinahe etwas bösartigen Lächeln. Roger sah sie bewundernd an. Wie schön sie ist, dachte er. Ich muß sie hier herausbekommen, ehe ich ihr etwas antue.

Amelia kam auf das Bett zu und trat ganz nahe an Roger heran. Ihre Knie berührten sich. Dann beugte sie sich ernst und feierlich herab, mit der etwas unnatürlichen Würde eines nicht ganz Nüchternen, nahm seinen Kopf zwischen ihre Hände und küßte ihn auf die Lippen, warm und weich mit geöffnetem Mund. Roger streckte von unten seine großen Hände aus und zog das Mädchen behutsam an sich. Wie gern hätte er mit ihr geschlafen. Seine Mutter wäre natürlich dagegen gewesen, selbst bei einem so hübschen Mädchen, nur weil sie eine Negerin war. Eigentlich konnte es ihm doch völlig egal sein, was seine Mutter dachte. Zum Teufel damit.

Aber dann ging ihm auf, daß das gar nicht so einfach war. Er hatte sich immer nach seiner Mutter gerichtet, jahrelang, von klein auf, und ihr die Gedanken vom Gesicht abgelesen. Letzte Nacht, mit Molly, da hatte er seine Mutter zum Teufel gewünscht. Da hatte er sich gehenlassen, war mit dem Mädchen ins Bett gestiegen. Und das Mädchen war ihm plötzlich so schön vorgekommen. Das war der große Fehler gewesen. Daß er Mollys wegen seine Mutter zum Teufel gewünscht hatte. Damit hatte es begonnen, und dann mußte er das Mädchen einfach umbringen.

Er hatte Molly getötet.

Amelia küßte ihn. Ihre weichen, feuchten Lippen waren auf seinem Mund, die Zunge bewegte sich unaufhörlich. Sie verloren das Gleichgewicht und fielen auf das Bett. Er fühlte über sich ihre weichen und doch straffen Brüste. Sein Herz schlug wild bis zum Hals.

»Roger, oh, Roger, ich liebe dich«, flüsterte sie.

Er versank in dem Geruch ihres Körpers, in der Wärme ihres Fleisches. Zugleich arbeitete sein Hirn fieberhaft. Er hatte das Gefühl, zum erstenmal seit vielen Stunden wirklich klar denken zu können. Zum erstenmal seit jenem Augenblick letzte Nacht, als er den schweren Eisschrank über das Brückengeländer gestoßen hatte. Er mußte Amelia loswerden, augenblicklich, sonst würde er auch sie umbringen, das war unvermeidlich. Er hatte Molly erwürgt, die er eigentlich gar nicht leiden konnte. Die hatte ihn nur irgendwie wütend gemacht. Aber mit Amelia war es noch viel schlimmer. Sie war schön, hatte einen wunderbaren Körper, und er konnte sich vor Gier nach diesem Mädchen kaum mehr beherrschen.

»Eine Farbige«, würde seine Mutter schimpfen. »Warum schleppst du mir eine kleine Negerhure ins Haus, Roger?«

Er liebte Amelia. Er liebte ihre Hände, ihre Lippen, ihren ganzen Körper. Sie war gefährlich. Wenn er sie nicht augenblicklich loswurde, war alles verloren. Dann kam alles ans Licht. Molly, der Eisschrank, die Brücke. Und Amelia. Wenn er sie gleich schlug. Würgte. Wenn sie sich ihm gleich hingab. Ihr warmer, weicher, lebendiger Körper, er würde ihn besitzen, gleich... Roger, du bist jetzt der Mann in der Familie, vergiß das nie... töten, ermorden, ich muß sie umbringen, Molly, alles ist verloren... lauf weg, schnell, laß mich doch in Ruhe...

Er riß sich von ihrem Körper los, kniete über ihr, die Hände auf die Matratze gestützt.

Sie starrte ihn aus großen, dunklen Augen erstaunt an, fast vollständig nackt. Roger kauerte über ihr, zitternd vor Gier.

Amelia streckte die Hand aus und berührte ihn mit einer leisen, zärtlichen Geste.

»Nein!« schrie Roger.

»Was ist denn los?«

»Geh!«

Roger sprang vom Bett auf und wandte sich ab. Wenn er sie nur nicht mehr ansehen mußte.

»Mach schnell«, sagte er mit belegter Stimme. »Geh weg, geh nach Hause. Schnell. Schnell.«

»Was hast du gesagt?«

Roger stand schon am Schrank. Er riß die Tür auf, griff ihren Mantel und warf ihn aufs Bett, ängstlich bemüht, das Mädchen nicht anzusehen. Nur ihren Körper nicht sehen, ihre Brüste, ihren Mund! Er liebte sie, gleich würde er sie hassen. Und sie umbringen, erwürgen, mit den Händen, wie Molly. Bitte, bitte, geh, bitte. Roger wußte in seiner Verzweiflung nicht, ob er das gedacht oder geschrien hatte.

Amelia stand schweigend auf. Sie zog ihren Pullover zurecht und schlüpfte in den Mantel, immer noch schweigend. Dann nahm sie ihre Handtasche und schloß die Tür auf.

»Das werde ich mein Leben lang nicht begreifen«, sagte sie und ging aus dem Zimmer.

Gegen sieben Uhr holte Roger den Lieferwagen aus der Garage und fuhr zum Polizeirevier.

Er hielt genau gegenüber, zog die Handbremse an und stellte den Motor ab. Auf der anderen Straßenseite leuchteten die grünen Kugeln mit der Zahl 87.

Er wußte, daß er im Begriff war, das Richtige zu tun. Warum war er nicht gleich zu Anfang hergekommen? Warum hatte er Molly nicht einfach genommen und hergetragen, gleich nach dem Mord? Anstatt sie in den Eisschrank zu stecken und in den Fluß zu werfen. Wo sie nie gefunden würde. Er hätte gleich alles beichten und sich die ganze Angst und –

Halt.

Molly. Würde sie wirklich nie jemand finden?

Er blieb reglos hinter dem Lenkrad sitzen. Die Stadt war jetzt ganz dunkel. Die großen Kugeln vor dem Polizeirevier glühten matt und warfen einen hellgrünen Schimmer auf den Schnee. In der Ferne kratzten Schaufeln auf dem Pflaster. Das Rasseln vieler Schneeketten klang von der Hauptstraße her. Roger saß und dachte angestrengt nach. Sein Atem gefror an der Windschutzscheibe.

Molly war erst vor einer Woche in die Stadt gekommen. Niemand wußte, daß sie hier war; außer natürlich die Leute im Hotel. Wie hieß es doch? Irgendwas Spanisches. Sie hatte bestimmt einen Meldezettel ausgefüllt. Aber das schadete nichts. Die würden einfach glauben, sie wäre abgehauen, ohne die Rechnung zu bezahlen. Eine Zechprellerin mehr, und damit hatte sich's. Konnte sein, daß die Polizei davon erfuhr. Vielleicht auch nicht. Je nachdem, was von ihr noch im Hotel lag. Sie hatte nicht viel Gepäck gehabt. Einen Koffer und etwas Geld. Na, wenn schon. Sollten sie ruhig zur Polizei gehen und eine gewisse Molly Nolan als vermißt melden.

Sie liegt tief unten im Fluß, überlegte Roger. Sie wird nie wieder nach oben kommen, dafür sorgt der schwere Eisschrank. Ihre Eltern sind tot, ihre einzige Freundin ist weit weg in Hawaii. Niemand hat in der Bar von uns Notiz genommen. Und als wir in die Pension kamen, schliefen alle schon.

Molly war für die Welt spurlos verschwunden.

Er brauchte nur wegzufahren.

Niemand würde jemals etwas erfahren.

Wenn er nun einfach losfuhr und sich einen Dreck um die Polizei scherte?

Er blickte auf das dunkle, unfreundliche Haus mit den zwei grünen Kugeln.

Ich gehe doch lieber rüber und mache reinen Tisch.

Roger stieg aus.

Er wollte gerade über die Straße laufen, als drüben die Tür aufging. Aus dem Revier kamen zwei Männer. Den größeren kannte Roger. Das war der Detektiv, dem er am Nachmittag in das Restaurant nachgelaufen war.

Prima, dachte Roger. Das ist ja gerade der Mann, dem ich sowieso alles erzählen wollte.

Der andere war kahlköpfig. Wahrscheinlich auch ein Detektiv, dachte Roger. Das grüne Licht der Kugeln spiegelte sich auf der Glatze des Mannes, das sah komisch aus. Eigentlich fast gespenstisch.

Die beiden Männer standen jetzt auf dem Bürgersteig.

Los, dachte Roger. Das ist der Richtige. Dem kann ich die ganze Geschichte erzählen.

Er zögerte.

Plötzlich bückte sich der Kahlkopf, formte in Windeseile einen Schneeball und warf ihn nach dem Großen. Der revanchierte sich, indem er mit beiden Händen einen dicken Klumpen Schnee griff und ihn dem anderen auf die Glatze klatschte. Beide lachten laut los, wie kleine Kinder.

»Bis morgen«, rief der Große prustend.

»Nacht, Steve, mach's gut«, erwiderte der andere.

»Schönen Abend noch.«

Sie entfernten sich in entgegengesetzten Richtungen.

Roger sah dem Großen nach, bis er um die Ecke verschwunden war.

Dann stieg er wieder in sein Auto, startete und fuhr ihm nach.

DAS 87. POLIZEIREVIER
von Hermann Urbanek

Bibliographie

1. COP HATER (1956)
»Blutiger Asphalt« –
Pabel-Kriminalroman 50
»Polizisten leben gefährlich« –
Ullstein-Krimi 988 und 1685
2. THE MUGGER (1959)
»Clifford dankt Ihnen« –
Ullstein-Krimi 853 und 10183
3. PUSHER (1956)
»Die weiße Hand des Todes« –
Die Mitternachtsbücher 34
»Weißer Schnee für Fixer« –
Ullstein-Krimi 1945
4. THE CON MAN (1957)
»Gift der späten Liebe« –
Panther-Bücher 123
»Späte Mädchen sterben früher« –
rororo-thriller 2084 sowie
Ullstein-Krimi 1649 und 10144
5. KILLER'S CHOICE (1958)
»Die zehn Gesichter der Annie
Boone« –
Ullstein Krimi 880 und 10171
6. KILLER'S PAYOFF (1958)
»Killers Lohn« –
Ullstein-Krimi 963 und 10159
7. LADY KILLER (1958)
»Der anonyme Brief« –
Die Mitternachtsbücher 81
»Nackt ist die beste Maske« –
Ullstein-Krimi 1710
8. GIVE THE BOYS A GREAT BIG HAND
(1960)
»Eine große Hand zum Gruß« –
Ullstein-Krimi 934 und 1540
9. KILLER'S WEDGE (1959)
»Die lästige Witwe« –
rororo-thriller 2097 sowie
Ullstein-Krimi 1629 und 10077
10. 'TIL DEATH (1959)
»Bis daß der Tod euch scheidet« –
Ullstein-Krimi 864, »Schwarze
Hochzeit« – Ullstein-Krimi 10194
11. KINGS'S RANSON (1960)
»Kings Lösegeld« –
Ullstein-Krimi 817 und 10062
12. THE HECKLER (1960)
»April, April!« –
Ullstein-Krimi 949 und 1528
13. SEE THEM DIE (1960)
»Heißer Sonntagmorgen« –
Ullstein-Krimi 937 und 1559
Kurzgeschichte
THE EMPTY HOURS (1960)
»Zwischen Tag und Tod« –
in Ullstein-Krimi 1031
(»Ullstein-Kriminalmagazin 3«)
14. LADY, LADY, I DIT IT! (1961)
»Ich war's, ich war's!« –
Ullstein-Krimi 946 und 10206
15. LIKE LOVE (1962)
»Selbstmord kommt vor dem
Fall« – rororo 2077, sowie
Ullstein-Krimi 1606 und 10105
Kurzgeschichte J (1962)
»Der Feiertags-Mörder« –
in Ullstein-Krimi 1603
Kurzgeschichte STORM (1962)
»Keine Schonzeit für Skihasen« –
in Ullstein-Krimi 1603
16. TEN PLUS ONE (1963)
»Neun im Fadenkreuz« –
rororo-thriller 2101 sowie
Ullstein-Krimi 1659 und 10128
Kurzgeschichte
EIGTHY MILLION EYES (1963)
»40 Millionen Zeugen« – in
ELLERY QUEEN'S KRIMINAL-
MAGAZIN 10 (Heyne)
17. AX (1964)
»Die Axt« – Ullstein-Krimi 1000
(»Keine Versicherung gegen
Mord«) und 10065
18. HE WHO HESITATES (1965)
»Das Unschuldslamm« –
Ullstein-Krimi 1065

19. DOLL (1965)
»Puppe« –
Ullstein-Krimi 1075 und 10065
20. EIGHTY MILLION EYES (1966)
»Vor achtzig Millionen Augen« –
Ullstein-Krimi 1118 und 10065
21. FUZZ (1968)
»Die Greifer« –
Ullstein-Krimi 1176 und 10230
22. SHOTGUN (1969)
»Schrot und Horn« –
Ullstein-Krimi 1310
23. JIGSAW (1970)
»Schnapp-Schuß« –
Ullstein-Krimi 1337
24. HAIL, HAIL, THE GANG'S ALL HERE! (1971) – »Nackt aus dem Fenster« – Ullstein-Krimi 1448
25. SADIE WHEN SHE DIED (1972)
»Sadie im letzten Moment« –
Ullstein-Krimi 1519
26. FOR THE DEAF MAN (1973)
»Totes Ohr am Telefon« –
Ullstein-Krimi 1614
27. HAIL TO THE CHIEF (1973)
»Fahr langsam übers Massengrab« – Ullstein-Krimi 1633
28. BREAD (1974)
»Alles für Geld« –
Ullstein-Krimi 1698
29. BLOOD RELATIVES (1975)
»Die Blutschwestern« –
Ullstein-Krimi 1777
30. SO LONG AS YOU BOTH SHALL LIVE (1976) – »So lang ihr zwei noch lebt« – Ullstein-Krimi 1806
31. LONG TIME. NO SEE (1977)
»Lange nicht gesehen« –
Ullstein-Krimi 1914
32. CALYPSO (1979)
»Schüsse im Regen« –
Ullstein-Krimi 10040
33. GHOSTS (1980)
»Mordgespenster« –
Ullstein-Krimi 10115

Filmographie

COP HATER
USA 1958. Regie: William Berke.
Darsteller: Robert Loggia, Gerald O'Loughlin, Ellen Parker, Shirley Ballard.
Nach dem gleichnamigen Roman.

THE MUGGER
USA 1958. Regie: William Berke.
Darsteller: Kent Smith, Nan Martin, Leonard Stone, James Franciscus.
Nach dem gleichnamigen Roman.

HIGH AND LOW
Japan 1963. Regie: Akira Kurosawa.
Darsteller: Toshiro Mifune, Kyoko Kagawa, Tatsuya Nakadai.
Nach *King's Ransom*.

WITHOUT APPARENT MOTIVE
Frankreich-USA 1972. Regie: Philippe Labro. Darsteller: Jean-Louis Trintignant, Dominique Sanda, Erich Segal, Sacha Distel.
Nach *Ten Plus One*.

FUZZ
USA 1972. Regie: Richard A. Colla.
Darsteller: Burt Reynolds, Yul Brynner, Raquel Welch.
Nach dem gleichnamigen Roman.

BLOOD RELATIVES
Frankreich-Kanada 1977. Regie: Claude Chabrol. Darsteller: Donald Sutherland, Stephane Audran, Laurent Malet.
Nach dem gleichnamigen Roman.

Fernsehen:

1961/62 lief eine Fernsehserie nach den Romanen von McBain. Die Darsteller waren: Robert Lansing, Gena Rowlands, Gregory Walcott u. a. Dreizehn Folgen der Serie strahlte die ARD Mitte der 60er Jahre auch bei uns aus.
Während die Romane in einer ungenannten Stadt spielen, die ein verschlüsseltes New York darstellt, betonte die Fernsehserie, daß das 87. Polizeirevier auf Manhattan liegt.

Robert B. Parker

Bodyguard für eine Bombe

Ullstein Buch 10103

ein Ullstein Krimi

Rachel Wallace ist eine militante Feministin. Ihr neustes Buch schlägt wie eine Bombe ein, denn es prangert Mißstände an und nennt die dafür Verantwortlichen beim Namen. Als ihr anonyme Anrufer mit Mord drohen, engagiert sich Rachel den Privatdetektiv Spenser als Bodyguard.
Doch auch Rachel ist explosiv. Im falschen Moment geht sie vor Wut hoch und entläßt Spenser. Darauf haben ihre Feinde nur gewartet. Jetzt haben sie freie Bahn ...

»Parker ist der beste Autor auf diesem Gebiet der Literatur.« THE NEW REPUBLIC

Dick Francis

Handicap

Ullstein Buch 10126

ein Ullstein Krimi

Die Verkleidung sieht albern aus: schwarze Perücke, dunkle Brille und schreiend roter Lippenstift. Aber Rosemary Caspar, die Frau des berühmten Pferdetrainers, will von niemanden erkannt werden, als sie Sid Halley, ihren ehemaligen Jockei, um Hilfe bittend aufsucht. Sie hat Angst. Irgend jemand macht ihre Pferde krank, behauptet sie. Drei großartige Tiere, als Zweijährige sichere Gewinner in entscheidenden Rennen, entwickeln plötzlich eine Herzschwäche und gehen als letzte durchs Ziel. Noch bleibt Rosemary ein haushoher Favorit. Aber sie spürt, daß auch er bedroht ist, obwohl die Sicherheitsvorkehrungen absolut zu sein scheinen.
Sid hält Rosemary für hysterisch ... bis auf ihn selbst ein brutaler Anschlag verübt wird.

»Handicap« wurde von der englischen Crime Writers Association mit dem Gold Dagger als bester Kriminalroman des Jahres ausgezeichnet.

Ed McBain

Selbstmord kommt vor dem Fall

Krimi mit dem
87. Polizeirevier

Ullstein Buch 10105

ein Ullstein Krimi

Sie waren beide noch jung, der Mann und das Mädchen. Fast nackt lagen sie auf dem Bett – tot. Der Abschiedsbrief lag auf der Kommode und war nicht ganz fehlerfrei getippt.
Und die Wohnung war voller Gas.
Ein klarer Fall von Selbstmord?

Die Detektive des 87. Polizeireviers werden bald eines Besseren belehrt:
Weder klar . . .
noch Selbstmord . . .
noch ein Fall . . .
Sondern *drei* Fälle von Mord, Totschlag und krankhafter Eifersucht!

Brian
Freemantle

Charlie Muffins Schachzug

Ullstein Buch 10088

ein Ullstein Krimi

Das Schiff hat zwanzig Millionen Dollar gekostet und soll zur schwimmenden Universität der Freiheit vor Hongkong werden – als ständige Herausforderung für das kommunistische China. Doch ein gewaltiger Brand zerstört das Schiff. Die Versicherung wäre bankrott, wenn sie zahlen müßte.
Da bittet einer der Direktoren seinen Freund, den ehemaligen Geheimagenten Charlie Muffin, den Fall zu untersuchen. Charlie fliegt nach Hongkong und gerät in einen Hexenkessel.

»Agentenpoker« (UB 10045), das erste Buch über Charlie Muffin, wurde erfolgreich mit David Hemmings verfilmt. Die FAZ schrieb über den Roman: »Freemantles ungewöhnlicher Thriller besticht gleichermaßen durch seinen Witz und seinen schnoddrigen Tonfall wie durch die Mißachtung aller in diesem Genre üblichen Tabus.«

Ed McBain

Mordgespenster

Krimi mit dem
87. Polizeirevier

Ullstein Buch 10115

ein Ullstein Krimi

Der berühmte Schriftsteller Gregory Craig liegt tot in seinem Schlafzimmer. Die Hände sind ihm mit einem Drahtbügel hinter dem Rücken gefesselt, und sein Körper weist neunzehn Stichwunden auf. Schmuck im Wert von 84 000 Dollar ist verschwunden. Ein klarer Fall von Raubmord.
»Gregs Mörder war kein Einbrecher«, sagt Hillary, die Freundin des Toten. »Es war ein Gespenst!«
Die Beamten des 87. Polizeireviers halten das Mädchen für verrückt. Doch bald zweifeln sie an ihrem eigenen Verstand. Denn das Gespenst mordet weiter . . .

»In ›Mordgespenster‹ ist der meisterhafte Ed McBain in Spitzenform.«
THE PAPERBACK BUYER